DU LIERRE DANS LES ARBRES

DU MÊME AUTEUR :

L'âme seule, Fayard, 2006 ; Le Livre de poche, 2007.

Le bal des papillons, Fayard, 2007 ; Le Livre de poche, 2009.

Hervé Vilard

Du lierre dans les arbres

Fayard

Couverture : Le Petit Atelier
Photographie : © Jean-Marie Millet

ISBN : 978-2-213-63864-5
Dépôt légal : novembre 2020

Pour Claude Durand.

Parfois, je m'arrête en pleine rue pour obéir aux vibrations du bonheur. De passage à Paris, des dollars plein les poches. De l'autre côté de l'Atlantique, mon exil n'est pas un aveu de défaite. Je m'y frotte, je l'empoigne. J'y prends goût. On me voit en french lover accompli. L'habitude du luxe se confronte à la misère qui galope de Bogota à Buenos Aires. J'ai mis des milliers de doutes entre la France et moi. Du décalage horaire, de la distance passionnelle. Je ne me sens pas intrus. Mon amour pour Lalla m'interdit de tempêter contre l'absolue futilité de l'existence. Il m'a érigé, debout. Je ne mettrai pas en péril mes chances d'être heureux. Il n'y a plus de tentation du précipice. Là-bas, mon passé est invisible. De lui, je n'ai conservé que les flèches des églises près desquelles l'abbé Angrand sermonne ses oies du Berry. Je suis de cette enfance.

Toujours cette âpre et increvable insomnie d'un destin d'orphelin brisé. Beaucoup ont gravité autour de moi lorsque le hit-parade m'étreignait. Ceux-là ne m'ont pas retenu. Le soleil de ma gloriole parisienne s'est couché. Je me suis définitivement installé sur l'autre rive de l'océan, j'accepte les nouvelles règles du jeu. Sauvé du tourbillon noir, j'assume mes trente-trois ans. Ce soir, retrouvailles avec deux copines, Nicoletta et Véronique Sanson. Je vais leur annoncer que là-bas une femme attend un enfant de moi. Le printemps de Paris m'offre un ciel gris, acide, cru. Pas moyen de passer au bleu.

Demain, la fête des Mères. À l'aube, le jour n'apparaît jamais complètement à Garches. La rue monte à pic pour atteindre les pavillons Alzheimer aux murs de granit. Là-bas, une lenteur mortellement scrupuleuse. Sept ans que j'assiste à la scène désormais banale du lit médicalisé. Dora, l'infirmière, me reçoit sur le perron, l'index posé sur ses lèvres nacrées. Blanche s'avance vers moi. Puis se dirige vers la glycine en fleur. Une salive saumâtre coule de sa bouche. Son sourire se perd. Qu'est-ce qui brûle encore chez elle ? Qu'est-ce qui se consume ? Elle se rapproche. Me crache au visage. Me gifle. Soudain, elle m'embrasse vivement de toutes ses forces et s'en retourne aussitôt sous la verrière pour hâter sa dispersion à travers la fenêtre qui donne sur Versailles. Ni la douceur d'un reproche, ni le plaisir partagé d'une conversation. Il pleut dans sa mémoire. Ma mère est à distance. Je voudrais qu'elle soit morte. Dora se tait. Je me résous à lui faire l'aveu complet de mon impuissance. Ici je me sens inutile, je m'égare. Le ciel est cendre. Je ne me reconnais pas.

Les nuits parisiennes s'engloutissent dans le couvre-feu. Plus de soixante ans au compteur et Lucien Gaillagot s'active encore à diriger les chefs de rang du Paradis latin. Même fougue, même autorité débonnaire, même disponibilité fédératrice. Trois jours sur sept.

« Où es-tu passé ? » Cette interrogation souffle comme un ouragan et me laisse à penser qu'il reste encore quelques bonnes âmes pour se soucier de moi.

« Où es-tu passé ? Que deviens-tu ? Cela fait une éternité ! Toujours en Argentine ? »

Lucien a la géographie aléatoire. Il confond l'Argentine et le Mexique.

« Non, Lucien, je suis un exilé à Mexico qui vient respirer l'air de Paris. »

Les radios ne se bousculent pas pour diffuser mes nouvelles chansons françaises. Il y a sept ans déjà que ma mère ne sait même plus que je suis son fils. Mais ce n'est plus une souffrance. J'ai une autre vie, je connais d'autres triomphes.

Lucien, c'est un véritable meneur. Infatigable d'humour et déterminé à jouer les agitateurs. Ne pas le brancher sur l'éventualité du repos du guerrier, ça ressemblerait à une provocation. S'il se retire du fond de la nuit, il meurt. Il dit vivre fête, penser fête, se nourrir fête. Il dit aussi : « Cette manie d'imaginer partout des gens usés est insupportable. » Les autres soirs, les portes du cabaret de la rue du Cardinal-Lemoine se ferment. Il ne s'affole pas de cette baisse d'activité, il en a connu d'autres.

Pourtant, en arrivant d'Amérique latine, je constate que Paris se meurt.

La clientèle du cabaret, composée de bonnes dames à la permanente immuable, regagne les cars stationnés en enfilade. Une mélancolie sauvage et brève envahit Lucien.

Sa moustache savamment asymétrique accentue son faux air de Daryl Zanuck. Il gueule le *Mexiiiiico* de Mariano, repose son magnum de champagne sur le bar.

« Quel métier de con tu fais, mon Hervé ! Ils ne t'ont même pas reconnu. Te pardonneront-ils un jour le succès foudroyant de ton *Capri* ? »

Je n'en finis plus de devoir m'arranger avec l'oubli.

Sur la grande table, quelques noctambules au lever de coude roboratif, prolongent. Les effluves les tiennent en éveil. Je songe à l'enfant que j'aurai bientôt. Les danseurs, qui se sont départis de leurs trois rangs de faux cils en carton, effectuent le service après-vente. Des banalités, surtout. Séduire, encore et toujours. Assise au bar, à l'écart, Paula a délaissé son fardeau aux grandes ailes de cygne. Ni sourire, ni gestuelle. Qui est-elle lorsque le masque tombe ? Elle me dévisage avec une apathie forcenée. J'esquive son regard méprisant. Elle repoudre son nez retouché. À se référer à sa mine déconfite, on aurait dit que le macadam s'était fendu et l'avait avalée dans une mare de goudron. Lucien ne peut s'empêcher de célébrer la nostalgie. Je passe en rouleau-compresseur dès qu'il faut se mettre à solliciter nos mémoires infaillibles.

« Depuis qu'on a été contraints de fermer l'Alcazar, Paris est en berne.

— On formait une superbe équipe de vraies folles, rien ne nous arrêtait. »

Sa voix trahit la nicotine.

« Ça se donnait du coude au cabaret de la rue Mazarine pour se rincer de la cuisse des filles de nos revues. Tu te souviens de la petite Betty Mars ? Elle chantait sublimement, un petit moineau, cette blonde-là. Et la Marie-France qui faisait la moue sur scène comme à la ville, elle avait sérieusement tendance à se prendre pour Martine Carol ! La grosse Babette, avec son regard de chien battu et qui menait tout le monde à la baguette, ça c'était du travelo. »

Le cadran n'affiche plus la même heure. Je réclame une bière. Il me sert une autre coupe.

Dans mon dos, j'entends un danseur tousser. Le son de nos voix trop audibles l'a réveillé. Il nous observe, prostré sur sa chaise, le visage clos et le regard ahuri. Lucien et moi sommes incorrigibles dans nos passes d'armes. Refaire le film d'une bobine enrayée. Comment ne pas succomber à la grosse Manouche, en prima donna, caressant sa fourrure au milieu de jeunes éphèbes. En trente ans, l'ex-mannequin de chez Jacques Fath avait quintuplé de volume. Son embonpoint démesuré lui servait d'armure. Une légende, Manouche, une truculence, une princesse colossale des bas-fonds. L'épouse du truand Carbone déambulait en chantant *Où sont passés mes gigolos ?*. Silence de cathédrale. Fascination unanime.

Lucien, en pilotage automatique, fait défiler ces pans d'existence révolus. Deux garçons, isolés dans le couloir, s'embrassent pour ne pas voir demain. La neige remonte dans leurs narines. Les forces vives du cabaret regagnent doucement leurs pénates. Je n'ai pas sommeil. Lucien non plus. Nos langues font du zèle. Il débouche une nouvelle bouteille, continue de se raconter avec une gourmandise de pique-assiette, enchaîne sur Chérillette.

« Mon Lulu, j'ai même retenu son vrai nom, Frederik Rey. Le Viennois s'était construit un personnage de monstre à la stylisation cartoonesque. »

Durant l'entre-deux-guerres, il avait accueilli les déesses du music-hall au bas de l'escalier du Casino de Paris.

Un tic de langage nous sautait aux oreilles : l'intempérance de ses « ya ya ya » pour sauter d'une idée à une autre ou pour impulser du poids à ses invectives. Une sorte de hoquètement guttural, qui, hors contexte, tendrait au grand-guignol.

« Berthe, ma mère, a couché avec Hitler ya ya ya... Grande belle femme était ma mère, très bel homme, ce Hitler, ya ya ya ! La Cécile Sorel, ya ya ya... elle était lourde, cette salope, ya ya, sentait mauvais, ya ya ya. La Mistinguett, mauvaise, radine, garce aussi, toutes les mêmes, ya ya ya. »

Ses lèvres décharnées se collaient de ses larmes enfumées. Le vieux danseur avait l'invective acide, le glapissement effaré. Il tapait abusivement nos épaules.

« "Joséphine Baker n'aimait pas les enfants. Elle en avait adopté douze... essentiellement des singes. – Il faut aller te coucher, Frederik, tu es dans le dérèglement mental là", lui avais-je assené », se remémore Lucien.

Je le vois se tourner à 180 degrés vers le mur de miroirs teintés bronze. Au bar du Paradis latin, Lucien accuse le coup. L'effet boomerang de sa gloriole parisienne au passé enchanteur se fane. Une fêlure intime se dessine sur son front, qui se plisse sous le make-up. À l'instant où il apprend que je vais être papa, pressent-il qu'une page se tourne ? Pour lui et pour moi.

« Quelle horreur ! Ne me dis pas que tu t'es mis aux femmes ? »

Je le rejoins derrière le comptoir. Il m'embrasse sur le front. Lucien ne cherche pas à en savoir davantage.

Le sang ne lui monte plus au crâne. La danseuse redresse sa croupe et s'échoue dans mes bras.

« T'en auras fait, des tubes. C'était sous l'ère Pompidou ou Giscard ?

— Je m'en fous ! »

La connexion s'effrite. La voix est lointaine et sourde. Daniel Cordier se désintéresse totalement de ma vie d'artiste. Il aurait aimé que je m'accomplisse à sa manière, en grand bourgeois. À vingt ans, c'était plié. J'irais là où le cœur me mène. Trop de lèche-bottes intolérants et lénifiants au sein des réceptions qu'il donne. Trop de services à table.

Hormis sa déception de ma préférence définitive pour ma mère, le lien demeure solide. « On va te sortir de là. » Cette phrase, qu'il m'avait lancée l'année de mes quinze ans, résonne comme un pacte de vie. Mais, sur mon sort, il aime en rajouter. Me reproche-t-il de n'avoir rien conservé de l'adolescence ? Ou l'absence de sexe entre nous ? Je lui avais balancé que je n'aimais pas les vieux. Je crois même que c'est pour ça que je l'intéressais tant. Mais des échanges, beaucoup. Sa solidité de ton imposait une pensée faite de phrases brèves.

« L'art et la poésie sont une forme de résistance.

— N'oublie pas la musique, s'il te plaît, Daniel. »

Cordier est toujours amateur de jeunesse et marchand d'art. Dans ses collections, une sensualité constante autour du broyage des masses colorées et l'anarchie des mythes civilisés. L'œil instigateur, il aime répéter à qui veut l'entendre : « Je ressemble à tout le monde, mais, de grâce et fort heureusement, je ne suis pas comme tout le monde. » Il vient d'enrichir notre culture en léguant une centaine d'œuvres contemporaines au Centre Pompidou. Michaux, Dubuffet, Duchamp, Millarès, Dado. Les encres de mon tendre ami de jeunesse Robert Michenet, foudroyé à vingt-neuf ans. Le secrétaire particulier de Jean Moulin s'attarde surtout à rédiger ses Mémoires. Il remplit les pages de son épais manuscrit depuis trente ans. Surligne trois mots. Rature les phrases à rallonge. De tendres souvenirs déboulent de ses méninges débordantes. Il n'a jamais terminé de m'en faire l'inventaire. Avant qu'il ne s'en dessèche la gorge, j'ai régulièrement usé de prétextes pour m'échapper. Ce n'est pas à lui que j'avouerai mon désir d'être père.

« À gauche comme à droite, ce sont les puissants qui nous gouvernent. Mais, dans la gauche, il y a des hommes que personne ne remplacera. »

Mon colosse de libérateur s'est lassé des fausses promesses politiquement correctes à gauche et a fait front face aux tentatives de soudoiement de la droite.

J'ai longtemps cru être doué d'une lucidité visionnaire au moment de déposer mon bulletin dans l'urne. J'ai voté pour lui. Très tôt. Cordier se fait vieux. Il ne s'extirpera pas de sa tanière du cap d'Antibes avant de mettre le point final d'*Alias Caracalla*. Sûrement tourne-t-il le dos à la mer dans son fauteuil Louis XIII aux étoffes de brocart. Peu importe l'honnêteté de l'antiquaire vendeur. Ce qui l'a décidé avant de s'asseoir dedans, c'est la forte tête couronnée à qui le vieux fauteuil a appartenu. La distance entre lui et moi s'agrandit. Les lignes bougent. Je ne souffre plus de l'exil. Daniel a extrait l'enfant sauvage de la forêt. Notre conversation téléphonique et mon séjour parisien s'achèvent. Je lui laisse la France, je suis un Mexicain.

Derrière elle, Maria Félix laisse traîner un parfum de tubéreuse. Quadra bien avancée, présence magnétique, visage aux pommettes hautes. Exquise, forcément. Au poignet droit, deux lourdes chaînes en or accentuent son naturel altier. Elle a délaissé son métier d'actrice, donné congé à un troisième mari, riche propriétaire d'écuries à Chantilly.

« J'ai conscience d'être exigeante et vernie, d'avoir une situation de reine. J'ai le fric, je voyage. Seulement, que vais-je faire de ma vieillesse avec tout ça ? »

Le crépuscule encercle Mexico. Aux côtés de Maria, diva de la tribune d'honneur, je suis assis en angle droit sur un banc. Surchargée de poussière et de sifflets stridents, l'arène bouillonne. J'assiste à ma première corrida. L'unique. La dernière.

« Lève-toi et salue mon peuple ! Mieux vaut une mort personnelle et humaine, une mort enjouée, plutôt qu'une mort sans témoin. Mais pourquoi as-tu l'air si triste, petit Français ? Le sais-tu toi-même ? Regarde-moi jouer mon rôle. »

Maria se lève et me lance :

« Ici, je fais la putain. »

Elle dit ça en évacuant un mouvement de tête. Impériale, la souplesse de sa nuque. La Félix se redresse, élance ses jambes longues quand les clameurs de la foule chauvine redoublent d'intensité. Elle hésite à déposer sa mantille sur le banc. Maria déclame à mon oreille des mots en furie.

« Je suis maudite ! Je m'incline devant l'espoir et la beauté de ces jeunes femmes qui me dévorent toutes des yeux et m'envient. »

Devant nous, trois filles à la peau mate se retournent. S'échappe de leur regard une émotion affectée devant les paupières fatiguées et les lèvres ridées de l'actrice nationale.

Le taureau, massif et nerveux, déboule dans l'arène. On saisit le souffle oppressé de la bête qui vacille sur ses quatre pattes, le ballet des picadors alertes, le craquement sourd des banderilles. L'assistance se viole à la vue du sang.

Faut-il que je supporte autant de cruauté et me rallie au divertissement d'un peuple sanguinaire ?

Maria expulse des plaintes aigres qu'elle accompagne d'un sourire amarescent. Palomo Linares se poste devant l'animal moribond avant de porter l'estocade. Les spectateurs se lèvent et ordonnent. Le torero marche en direction de la tribune d'honneur, je lui concède soudain l'allure d'un bœuf. Presque mécaniquement, il remet l'oreille de l'animal dans les mains de Maria. Du sang coule sur le gant en dentelle noire de la diva. Je peine à contenir mes haut-le-cœur.

*

Me voilà au cœur de mon existence.

Un garçon. Évidemment, un garçon. Un souverain franco-mexicain.

« Il sera beau, riche et intelligent, comme son papa Hervé ! Nous l'appellerons Pedro, Pierre. Pierre ou Pedro. »

Les mains sur son ventre, Lalla enfile les qualificatifs pétillants. Je m'associe à ses élans hyperboliques. Je bâtirai tout avec elle. La situation mérite qu'on ne soit pas raisonnables. Attente ardente. Attente inquiète. Attente vitale. Personne n'en sait rien.

Bleu azur aveuglant sur Mexico. Je suis plus tenace qu'un puma. Érigé en chanteur national au pays des machos. Une partie de mes chansons, traduites en espagnol à destination de millions d'auditeurs, assure le renouvellement de mes triomphes sur le nouveau continent. Maria Félix m'a ouvert son fructueux carnet d'adresses. Ainsi, je tiens le monde.

C'était tous les jours la fête des fleurs au parc Chapultepec. Je chantais là à quelques encablures de la fontaine à grenouilles et du cyprès de Montezuma. Elle s'est faufilée parmi la foule pour être aux avant-postes. Asuncion Juarez était une fan aguerrie. Dans ses pas, sa fille cadette, Consuella. Je ne sais pas qui de nous deux fut le plus surpris de se retrouver face à l'autre. Le round d'observation ne s'éternisa pas. L'intelligence de sa beauté, sa franchise espiègle, m'ont fait baisser les yeux. Elle déposa un délicat baiser sur ma joue et devint aussitôt Lalla avec deux « l ». Le diminutif, elle se l'est approprié. Elle disait : « Ça sonne bien français. »

Ainsi, j'entrai dans une famille d'enseignants du Chiapas. Lalla ne cessait de faire l'éloge de ses racines indiennes avec des gestes mesurés. Elle aimait remettre ce sujet au centre des conversations. La connaissance de mon homosexualité n'allait pas choquer cette famille unie. Aucun ne m'avait couvert d'opprobre. Elle voulait jouer le bon rôle de mon histoire tumultueuse. La conscience du champ des possibles que pouvait leur offrir un enfant venant d'un artiste européen.

Lalla me glissait ses conseils avec une bienveillance non dissimulée.

« Il faut que tu apprennes le castillan en lisant à voix haute l'œuvre de Neruda, Garcia Marquez et Jodorowsky. »

Elle me disait doucement : « La seule chose que je ne supporterais pas, c'est de te perdre toi. »

Notre complicité se révélait criante, la tendresse diffuse. Même pas jalouse. Le contrat était acté. Lalla, une amie. Une sœur. Mon amour. L'ostentation de m'étendre des heures entières sur le canapé à ne rien faire d'autre que l'attendre. Parfois, l'inspiration de mes paroles de chansons provenait de nos cris d'espoir et de juvénilité. On les faisait résonner au fond de la cour, dans la moiteur du quartier pauvre de Minéria.

Un jour, Lalla s'en irait seule contempler Paris, flâner à Saint-Germain sur les traces de Beauvoir. Visiter Versailles. Sans me demander la permission, elle passerait aussi par Garches, constater à quel oubli survivait Blanche et s'assurer que les infirmières lui étaient dociles.

« Je veux savoir qui sera ma future belle-mère. Nous la ramènerons ici dans l'autre chambre, près de l'armoire en bois. C'est une affaire entre elle et moi, ça ne te regarde pas. »

J'aimais son autorité caressante, le pincement jusqu'aux tempes de ses pommettes brunes. Elle prenait soin à se donner mine, vidait ma valise de linge sale et répétait :

« Je veux savoir qui est ma future bellamadre ! »

Lalla, emmitouflée dans son pull de laine rêche aux manches longues, cachait ses mains. Elle tremblait de mes allers-retours permanents. Je rentrais tard dans la nuit. Sous la couverture, son fidèle petit lynx borgne me mordillait les pieds.

Lalla, la douée au sourire hagard, somptueusement sensuelle. Sa seule cruauté aura été de me couvrir de mots d'aménité. Si je ne les comprenais pas toujours, je les devinais. Je l'aimais. Je l'aimais sans avoir assez d'amour à lui donner.

C'est elle qui m'a dragué. Elle m'a dévoré de sa bouche pulpeuse. Je me suis convaincu que j'étais fait pour fonder une famille, que notre enfant métis serait le plus beau, le plus fort. Elle avait besoin de moi. J'avais besoin d'elle.

*

Sandro, le grand frère, était à l'envers. L'ogre au faciès bourru n'avait jamais laissé transparaître une quelconque inquiétude à mon égard. Chaque après-midi, il débarquait chez Lalla. Deux fois ma hauteur, l'œil rentré. Il furetait d'abord d'un coin à l'autre de la maison avant de prendre ses aises dans la cour, les santiags sur la table et une Corona à la main. Plus tard, il s'en retournait chez lui prier la Vierge de la Guadeloupe dans son harem. Il m'observait parfois et ne disait rien.

À Mineria, une odeur de cramé sortait par les soupiraux. Respecté dans son quartier, Sandro se signait du front et terminait ses phrases par « Dios mio » ou « hijo de puta ». Chez lui, le vice était toujours payant.

Là-bas, les gens avaient des manières simples, apaisantes, qui m'ont guéri des maux encombrants de ma vie d'artiste.

Sortie de route. Une bagnole dans un ravin. Lalla s'en est allée, emportant avec elle ce qui devait être notre plus belle victoire.

Cette matinée-là, le soleil me calcinait jusqu'aux os comme s'il avait neigé. Je n'ai pas entrepris de la dégager de la ferraille. La terre semblait se recouvrir de buée. Je distingue une agglomération humaine très proche, au creux d'une cuvette. Une petite ville de maisons noires, rose pâle, blanches. Rien. Le néant. J'ai flanqué ma tête contre un mur de terre, j'ai à peine entrevu l'ovale de son visage fin. Lalla, inerte, apaisée. Le vœu de ne plus aimer, la peur de l'abandon, la crainte de rester seul. Je resterai enceinte de notre tragédie. Irréparablement abîmé.

Notre enfant est mort. Avant de naître. Emportant avec lui mon désir de devenir un père sans passé. Il aurait fait de moi un surhomme. Je ne lui aurais pas donné d'explications. Pourquoi tant d'amours perdues ? Je le réclamais de toute mon âme, ce petit mulâtre. Sans doute m'aurait-il apporté de la bravoure pour réaliser d'autres exploits. La faucheuse est entrée dans une histoire d'amour.

Ma destinée déraille. Le malheur est revenu. Je vis reclus dans une villa baroque du vieux quartier colonial de San Angel. Depuis la disparition de Lalla, mes bras m'ont enfermé. Retranché, meurtri, amorphe. Pleurer. La fumette, reprise à vive fréquence, me sert d'échappatoire. Ne mettre un pied dehors que pour visiter la diva, l'unique récipiendaire de mes chagrins. Elle ne me ménage pas, la Félix. Elle m'aime.

Étendue sur la bergère, l'actrice se désénerve en coquetteries. Dans le miroir du poudrier, son visage endurci blâme l'insolence de sa jeunesse évoquée.

« J'étais une vilaine jeune fille, tu sais !

— Maria, vous n'imaginez pas combien j'aimais Lalla. C'est moi qui ai trouvé le diminutif à son prénom. »

Pluie vivifiante sur le jardin féerique. La Félix caresse l'arête de son nez. L'aura qui émane d'elle me tient à distance.

« Il n'est rien qui soit autant désirable, mais qui nous fasse autant souffrir, que l'amour, mon petit. »

La veille au soir de l'accident, Lalla chassait encore ses longs cheveux à l'arrière de son front avant d'éteindre la lampe sur pied de la chambre verte. Nous avions eu un moment de perplexité. Nous pensions qu'il ne se passerait rien.

L'esprit soudainement évadé, l'absence de parfum de la fleur de l'hibiscus me désole que d'aussi vives couleurs n'aromatisent pas un si éblouissant pays. Puis ces vision foudroyantes et indélébiles : Lalla, précipitée dans un ravin aussi profond que ma piscine, le tourbillon des gyrophares qui affolait cet endroit inanimé. La route menant à San Miguel Allende s'est à nouveau agitée à jouer la voleuse d'âmes. Pourquoi est-elle allée là-bas ? Ce n'était pas un accident. C'est mon crime.

Maria se cambre. S'efforce de répéter que son cœur bat trop rapidement. Au hasard de sa bibliothèque, elle pioche un livre à la couverture dorée. Le repose. Se parfume d'un filament de Shalimar de Guerlain. Ses mains sont reliées.

« Nous, les Mexicains, nous croyons de toutes nos forces aux mystères de la mort pour donner de la légèreté à la tragédie. »

Ma paume gauche se cogne à l'accoudoir. Je deviens hostile. Maria m'écoute, à la fois intriguée et fuyante, comme si je lui dévoilais les scènes d'un film-catastrophe.

« Je n'ai pas aperçu son ventre rond enseveli sous la tôle. J'ai juste entrevu l'ovale de son visage inerte, penché sur le volant de la Ford rouge. Autour, il n'y avait que des sales gueules de flics. Un Mexicain, qui ne supportera jamais qu'un étranger épouse une des leurs.

— Tu as l'air d'avoir mille ans, mon garçon. As-tu soif ?

— J'aurais dû dire à ce phallocentrique de flic que Consuella était enceinte et que nous allions nous marier. »

De la morgue au coin de ses lèvres. Il me faisait payer d'être un Français maudit revenu, un siècle après, à la conquête de sa patrie. Ce flic hargneux avait un cou aussi large qu'un tronc d'arbre. Chargée en alcool, sa langue démêlait la haine qu'il éprouvait à mon encontre.

« Te fue con el extranjero ! Hija embarazanda ! Hija de puta ! Embarazanda que te vas a la chinganda ! Soy un chilango de verdad de la ciudad de Mexico. »

L'insulte, crachée et insupportable, s'était agglutinée à mes tympans dans une traduction aléatoire.

« Va au diable, fille de pute, va te faire engrosser par un étranger de Français ! Moi, je suis un vrai mec de Mexico ! »

L'écœurant macho avait ignoré mes sanglots contenus. Il m'avait repoussé brutalement sur le bas-côté de la route. Nulle réaction de ma part. Je me suis senti lâche.

*

J'ai remis mes tenues de scène aux Juarez. Quitté mes suites d'hôtels. Annulé mes contrats et payé le dédit à mon chef d'orchestre limougeaud. Daniel évacuait beaucoup d'eau durant les concerts. Il se plaignait sans cesse de l'air humide qui sévissait de Carthagène à Porto Rico. Ses phalanges en sueur dérapaient sur les touches de son piano.

Je ne chantais plus. Je déchantais.

Sandro m'avait prévenu :

« Quand la dépouille sera levée, on ne pourra plus s'occuper de toi. »

Fermement mais sans animosité.

Le lendemain matin, il était tombé dans mes bras. Le cimetière de Mixquic était constellé de bougies. Les vingt-sept ans de Lalla se sont envolés avec un ange. Je cherchais qui j'étais. Coupable. La sanction était immédiate.

Sandro soutenait sa mère. Il ne cessait de seriner « ni modo pues » (« rien à faire »). Dans le flot de mes souvenirs, je posais un genou à terre. Sandro faisait craquer ses grosses paluches ornées de bagues en argent. Il soufflait tellement puissamment qu'un gaz s'expulsait de ses narines en feu. Mexico, embrasé de phosphore. J'ai flâné au gré des odeurs du marché de Mineria, résigné à ne plus pouvoir pousser un couplet de « rancheras ». Ces chansons folkloriques de l'État du Nord, Lalla me les réclamait. Je m'étais détourné de Sandro. Il ne serait jamais un beau-frère. Bénédiction de la mère à l'appui, il continuera d'envoyer des filles consentantes sur les trottoirs d'Acapulco afin de nourrir les pauvres de Mineria. Le monstre, c'était moi, j'ai pensé qu'il fallait le détruire. Disparaître !

*

« Je ne toucherai plus jamais le corps d'une femme ! Jamais ! Je dois me rendre à l'évidence, le bonheur en famille n'est pas pour moi.

— Vous déraisonnez ! Taisez-vous, petit Français ! »

Le cœur de Maria Félix s'enflamme, s'emballe. La voix autoritaire et caressante grimpe sur le plafond de la grande maison rousse qui domine les hauteurs du quartier chic.

Je ne m'en veux pas de me sentir coupable.

La diva s'emmitoufle dans une étole de soie émeraude. Se sert un verre de vin blanc. Elle a un sourire prononcé. Celui de la consolation.

« Pourquoi vouliez-vous embellir votre destin dans ce pays avec un petit mulâtre ? Vous êtes un enfant errant et le serez toute votre vie ! C'est pour cela qu'on vous aime. Ce pays n'est pas pour vous, partez ! Rentrez immédiatement à Paris, petit con de Français ! »

À Mexico City, la mort court partout après la vie. Elle la rattrape parfois. Il faut du souffle pour la maintenir à distance. Le quartier de la Zona Rosa empeste un mélange de café et de jasmin. Une lumière éclatante recouvre les étals de fruits. Accroupis à même le sol, des courageux pétrissent de leurs mains d'or l'argile et la laine. Des couleurs vives et aveuglantes se chevauchent. Nulle part je n'en aurai vu de si belles. Couchée à l'ombre, sous un triplet de jaracandas bleu violacé, une Indienne me jette une orange au visage. Je viens d'admirer de trop près son enfant qui se traînait sur son ventre.

*

« Il s'en retourne, le chanteur. Mais où pourrait-il aller ? Dans quel sens va-t-il repartir ? »

Sandro, diabolique, me pousse dans mes retranchements. Je viens de boucler mes valises. Partir pour ne plus revenir. Ma respiration devient bruyante. Tout est si emmêlé.

J'ai crié dans la cour : « Adios et gracias pour l'enfer. »

J'ai allumé plusieurs cigarettes en avalant copieusement la fumée.

Le Boeing 707 de la Pan Am me ramène à la case départ.

Un regain de souffrances m'aspire entre les trous d'air. Dans le micro de mon magnétophone de poche, je fredonne une mélodie inachevée. Dicte quelques bribes de paroles par-dessus les nuages de coton :

Rêveries
Vous m'avez aimé à la folie
Dans les bars de Paris ou dans les ports...
Combien d'avions j'ai pris et de bateaux
Pour des amours qui sont tombées à l'eau
Venise, tu n'auras jamais ma mort...

Prendre garde. Se sentir à la fois ostracisé et dépouillé. La culpabilité poursuit son pernicieux travail de sape. Il me reste le soleil.

Personne n'est prévenu de mon arrivée.

*

Un taxi crasseux. Les troquets sont vides. Le pain bien cuit. Je suis vivant.

Ni volonté ni patience pour éplucher les annonces immobilières. J'ai loué un deux-pièces, rue Véron. L'incroyable vacarme des ébats de Pigalle grimpe jusqu'à mes fenêtres.

À nouveau je m'ancre dans le sillage parisien, et renoue avec les assoiffés de la bande à Bernard Dimey. On a la dent féroce. On se dit des choses solides, parfois existentielles. Le contre-pied involontaire de mes habitudes mexicaines.

Les co-fondateurs de la maison de disques Tréma triomphent avec Sardou. Jacques Revaux et Régis Talar m'ont pourtant gardé au chaud. Sans calculer le budget fastidieux des luxueuses orchestrations des studios de Rome ou de Londres pour de jolies chansons qui jusqu'ici n'avaient obtenu que des succès fébriles.

Je me lève à 16 heures, les tempes battantes, expédie une douche et file rejoindre ma nouvelle armée d'auteurs-compositeurs et de musiciens fauchés en banlieue d'Asnières. Jusqu'à d'éprouvantes aurores, on griffonne des combinaisons couplets-refrains. Ma voix est gravée sur un Revox. Amour, bonheur, misère, complainte, pollution, et même cour d'Angleterre, mon nouvel album est ouvert à tous les vents.

Je retrouve Toulouse, le studio Condorcet, les musiciens et le bonheur oublié de chanter en français.

*

André Bézu donne un sérieux coup de main à ma promotion. Il sévit brillamment comme attaché de presse pour le théâtre du Palais-Royal, pour Louis de Funès ou pour *Les Valseuses*. Le film de Blier cartonne au box-office. Pas de trace de *Rêveries* sur les radios locomotives. Refus catégorique de la part des Carpentier. André Bézu s'étonne de l'animosité du couple à mon sujet.

« Mais pourquoi ne veulent-ils pas entendre parler de toi ?

— Demande à Cordier ! Lui, sait. »

Les figures détentrices du pouvoir de défendre ou de défaire un artiste n'auront fait que m'ébranler. Au pire, je poursuivrai ma route en solitaire. Ils sont quelques-uns à penser que je suis fini. J'essaye de rester digne d'un métier cruel. Mais jusqu'à la fin je chercherai à relancer les dés. Sur le moment, je me console à l'idée que les droits d'auteur de l'album combleront ma dette au fisc. Prince agité des nuits sans fin, André Bézu insiste pour que je le suive chez lui. Je comprends à son œil profond qu'il veut m'éviter les affres de la solitude. Il me sait fragile, ne me questionne pas.

Cet homme, toujours aux aguets et guère avare de lui-même, s'aventure à caricaturer les êtres qui lui sont proches. Au bout du fil, chaque vendredi à la même heure, Louis de Funès dégueule ses tripes de comédien sur son souffre-douleur. André appuie sur le haut-parleur. Je m'esclaffe à la moindre des échappées nerveuses de l'acteur. Elles me renvoient à ses uniques mimiques atrabilaires telles que je les aurais vues sur le grand écran d'un cinéma de quartier.

Jacques Martin n'a pas rechigné à m'accueillir sur le plateau de son émission. *Rêveries* gambade vers un demi-succès. Ma campagne séductrice sur les ondes de quelques radios de province carbure au super. Entre deux départementales, j'alterne entre la lecture de Céline, Colette et Jean-Louis Bory. Mon palais a retrouvé le goût du verbe et celui du steak-frites. En interview, je ne déplace jamais mon propos sur le terrain de mes déboires passés. Quand on me parle du Mexique, je fais semblant. Je me cantonne à mes faits d'armes scéniques. Pourquoi suis-je rentré ? Parce que la France me manquait. Mensonge protecteur.

Je roule sans arrêt. Sur la route de Bar-le-Duc, j'embarque un auto-stoppeur fort en gueule. Mon nouveau fan a le débit turbulent. La radio diffuse *Le téléphone pleure*.

« Oublions les chanteurs morts sur cette terre ! Aimons les vivants, merde ! »

Il fulmine.

« On l'aura jamais autant entendu, celui-là, depuis qu'il s'est raidi dans sa baignoire ! »

Il m'accompagne à la radio, où il prend place sur la banquette de l'émission. Quinze ans après mes débuts, il veut s'assurer que je donne encore de la voix.

*

Mon cauchemar mexicain se dilue par morceaux. Je me réveille tout à fait, nu comme si apparaissait mon squelette.

Au Paradis latin, le silence fait horreur. La revue terminée, on s'acclame avec un cynisme éblouissant. Ma chanson *Rêveries* est suspendue aux lèvres du personnel bienveillant. L'accent du Sud-Ouest de Lucien roule encore sur les cailloux. Il n'a fait aucun effort pour s'en débarrasser. Mais ne l'a-t-il pas cultivé pour surligner la réussite de sa bravade parisienne ?

« Tu fais bien de délaisser tes Mexicains et de repointer ta petite gueule à Paris. Dis donc, les Carpentier ne t'ont pas engagé dans leur show TV ? Sais-tu seulement pourquoi ?

— Je crois savoir. »

J'ai la sensation immédiate qu'il attend que je fasse encore valser nos souvenirs.

Tout était possible à l'Alcazar. Au sein de cet antre prisé, le véritable maître de cérémonie s'appelait Jean-Marie Rivière. Grand sec au chapeau claque, vêtu d'un immuable smoking blanc. Cabotin assumé. Monsieur Loyal impertinent qui avalait son micro lubrifié de salive pour mieux jouir de ses improvisations. À bout de souffle, Rivière se délectait du moindre effet burlesque de son complice metteur en scène Marc Dolnitz, violentant sa voix encrassée par les bouffées de Gitanes sans filtre. À l'instant où les célébrités prenaient place, elles échouaient dans le déversoir et se retrouvaient fusillées d'un mot d'esprit

« Monsieur Chazot, veuillez réveiller Sagan et son éditeur endormis sur la banquette ! Serrez-vous ! Mademoiselle Régine aurait besoin d'une place double afin de reposer son mythique postérieur… »

Rivière usait de malice pour marcher sur le fil subtil de l'irrévérence. Chacune de ses sentences était portée par le couac d'un trombone. La salle répondait au quart de tour, hilare et en demande.

Un soir de décalage horaire provoqué par un pénible Santiago-Paris avec escale à La Havane, Rivière m'avait habillé pour l'hiver.

« Tiens, revoilà Cosette ! Victor Hugo doit regretter que vous ne soyez pas né au siècle dernier. »

Je lui fais signe en levant le pouce. Personne n'y échappait. Pas d'écrémage sur l'échelle de la notoriété. Rivière avait la vanne mitraillette.

« Bonsoir monsieur Warhol, que de beaux cheveux vous avez ? Combien de perruques possédez-vous ? Mamzelle Gréco, votre petit nez s'allonge à nouveau. Près de l'exquise Belphégor cathodique, il me semble que le bel Adonis penché sur l'épaule de monsieur Peyrefitte n'est pas le même que la veille. Rapprochez-vous, messieurs, de madame Claude qui nous honore de sa présence avec trois sirènes. Applaudissez, s'il vous plaît, l'arrivée de la grande Alice Sapritch culottée d'un sarouel. Vous ne trouvez pas que madame ressemble au chien des Baskerville ? »

Manouche n'en loupait jamais une miette. Elle s'égosillait de sa toux chronique. Un autre couac. Les cibles de Rivière ne prenaient pas ombrage d'être sarcastiquement pris à partie. Même les susceptibles avérés mordaient leur lèvre inférieure. Un sourire forcé parfois, mais un sourire quand même. Nul ne tournait les talons. Une éventuelle sortie offusquée aurait nui à la réputation.

« Soyez l'élégance, les artistes, ne craignez pas d'être ridicules ! La comédie burlesque favorise le tiroir-caisse. »

Rivière scandait haut et fort être rémunéré au bouchon. Il cherchait à communiquer une joie physique.

« Messieurs les barmen, faites-moi sauter un magnum de Dom Pérignon à la table du club Méditerranée, mais assurez-vous bien que le portefeuille de monsieur Trigano soit garni de billets ! Roulez tambours ! Voici Nicoletta, la seule femme blanche qui chante aussi bien qu'une négresse. Très chère Loulou de la Falaise, levez-vous que je vous présente Freddy, le catcheur dans "Le Chant des gondoliers", extrait d'*Othello* de Rossini, aussi célèbre que le fameux tournedos. Nos plus fervents supporteurs, Saint Laurent et Bergé, ont l'air tendus. Pardonnez-moi cette confusion, monsieur Maurice Druon, on me dit qu'*Othello* est l'œuvre d'un certain Verdi. »

Au moindre accroc, comme la défection d'un décor ou un cache-sexe en misère, la revue racoleuse basculait à l'arrêt.

Mieux valait combler dans ces cas-là les crises de rage de Rivière. Une fois, Marc Dolnitz m'a déguisé en gigot. L'ami Le Luron et moi-même montions alors main dans la main sur la scène. Sous une pluie de confettis et noyés dans un bain de mousse. Les sarcasmes de Thierry tombaient comme grêle. « Mesdames, ne riez pas de toutes vos rides ! Parce que je vois le chirurgien de Ludmila Tcherina qui se frotte les mains. »

Nous improvisions des sketchs et des chansonnettes oubliées. Le public apparaissait heureux de me revoir si gai dans mon abîme. Juste une illusion. Thierry tournait une manivelle dans mon dos pour me renvoyer vers les années où le succès était mon allié. Au fond des loges du cabaret, un concours de médisances. Au milieu des portiques et des costumes, un ballet de langues de pute.

La revue finie, on répétait les numéros de celle à venir. Babette en Mesrine, tutu rose et Kalachnikov sur son ventre rebondi. Elle peine à tenir l'équilibre sur les pointes des deux petits chaussons de satin blanc. S'affale de tout son long. Huées forcément attendues d'une salle allègre.

Rivière, en roue libre : « Voici les enfants du président de la République escortés par ce lèche-bottes d'Yves Mourousi ! – Moi, un lèche-bottes ? Qui a osé dire ça ? »

Mourousi était de ceux qui avaient une très haute idée d'eux-mêmes. De l'arrogance, de la roublardise à fréquenter les cercles de pouvoir, mais pas d'autodérision. Une suée de morgue a trempé les entournures de sa chemise. Mourousi avait la mâchoire serrée et rageuse. Rivière savait qu'il venait de le piquer au vif. Il remontait sur son carrousel de persiflage.

« Mais qui vois-je, là-haut, au balcon ? Monsieur Mesrine en personne. »

Que faire ? Applaudir ou se planquer ? Quelques visages expressifs se décomposent à l'annonce de ce nom interdit. Dans la foulée apparaît sur les planches la doublure du gangster le plus recherché de l'Hexagone. Babette cligne délicatement des yeux tandis que Mesrine affiche sa bonhomie. Sa silhouette ne bouge pas. Derrière les verres fumés, il laisse échapper un rictus.

Dolnitz et Chérilette rivalisent de courbettes à la table de l'ennemi public numéro un. Du balcon surviennent des rires grinçants, presque de soulagement. Pas de dérapage. Jacques Mesrine est là. L'Alcazar ne tremble pas.

*

Je retrouve Verdun avec une saveur âcre, le malaise de chanter dans une salle à moitié vide. Trois musiciens prennent leurs marques à mes côtés. Un sentiment de ne pas avoir la mainmise sur mon avenir, une pensée pour ma mère claquemurée et hors d'atteinte. C'est ici que je l'avais retrouvée. Je ne bronche ni ne dévoile les doutes qui m'assaillent. Je ne sais, de toute façon, que juger des beautés de la vie par celle de la mort de Lalla. L'échec à fonder une famille mexicaine m'affaiblit.

Face au casino de Cabourg, les nuages de pluie défient la mer d'écume. Au cours de ma séance de dédicaces, un jeune homme m'offre un bouquet de roses blanches par fidélité à l'épreuve du temps. Perchée sur les épaules larges de son père, une fillette me demande en mariage en chantant le refrain de *Capri c'est fini.* Je l'ai embrassée sur les deux joues afin de m'amuser de l'étonnement des adultes au regard pertinent. Une femme éméchée m'a traité de sale con. Le garçon aux roses blanches se tourne vers moi en haussant les épaules. Il ne masque pas sa désolation.

Je prends possession de la chambre blanche au Grand Hôtel. Les clameurs timides ne sont plus qu'un vague écho. J'ai la hantise du vide. Du balcon, le grand large se transforme en une traînée de poudre. J'ai l'envie irrépressible de m'abandonner dans une relation passionnée avec un inconnu. Pas une âme proustienne ne déambule sur la promenade. Je marche à l'instinct, peu sûr de mes destinations. Le sol est instable, à perte de vue. Je rentre rarement avant que le jour se lève, et ne trouve le sommeil que sporadiquement. J'ai donné sans donner prise. On m'aime encore un peu.

Je relis mes carnets. Rien de transcendant. Quand vais-je finir de pleurnicher sur moi-même et réussir à m'élancer intellectuellement ? Je ne fais plus corps à l'amour, je suis devenu inapte à ses remous. Il m'est désormais pénible de feindre l'indifférence à l'humiliation visqueuse du petit chanteur que je balade dans les rues. Souvent, je riposte par un sourire narquois. Généralement, le fiel s'éclipse. Leurs visages s'éteignent. Ils s'avouent vaincus.

À la terrasse du Fouquet's, André Bézu et Tino Rossi m'offrent l'apéro. En verve, les deux gaillards chantonnent *Rêveries*. Tino ne cultive pas la discrétion. Il a besoin que les regards se braquent sur lui. Il lève son verre de porto blanc vers l'assistance éblouie. Derrière la vitre, un homme à la longue chevelure de jais nous fait de grands gestes insistants.

« C'est Toto Cutugno ! »

Bézu l'a reconnu immédiatement. Tino minaude :

« Je ne sais qui est-ce... »

Bézu lève les yeux au ciel, en soupirant bruyamment.

« Comment ? Vous ne connaissez pas l'un des plus grands compositeurs actuels ? *L'Été indien*, ça vous dit quelque chose quand même ? »

Tino applique une main sur sa gomina. Il chante.

« *On ira/Où tu voudras quand tu voudras.* »

La terrasse joue son rôle de chœur et applaudit. Bézu se précipite sur l'Italien. Entonne de sa voix de baryton un autre célèbre refrain du compositeur.

« *Quand j'étais petit garçon/Je repassais mes leçons/ En chantant.* »

Bézu le ramène bras dessus bras dessous à notre table. Cutugno ne s'embarrasse pas des présentations. Il embraye directement.

« Bonjour le chanteur Hervé Vilard. N'auriez-vous pas des origines italiennes, vous qui chantez Modugno, Fontana, Batisti ? Pourquoi ne chanteriez-vous pas quelques-unes des miennes ? Vous êtes le meilleur. Je suppose que ce vieux monsieur, c'est votre papa ? »

André Bézu se fige. Toto a commis la gaffe. Il méconnaît l'existence de Tino.

« Voici ma carte. Je vous invite à Milan, venez me voir. »

Tino me couve d'un regard paternel. La denture admirablement refaite, il glisse cette formule qu'il affectionne.

« Qui a eu du succès en aura ! »

Difficile d'être sur la défensive lorsque quelqu'un assure que vous êtes le meilleur.

Café stretto à Milan. Juste avant de s'installer au piano, Toto remet en place sa colonne vertébrale. Ses doigts alertes se faufilent sur la gamme et plaquent royalement quelques accords de Stevie Wonder. Puis il bifurque sur le répertoire des grandes chansons françaises. Le clavier s'anime. Quelques guirlandes magistrales de Bach, Debussy, Chopin. L'étendue de sa palette m'éblouit.

« Bowie, tu connais ? Je m'en suis inspiré. "Piu. Va va va va va va va va... Donna donna mia..." Je n'ai pas d'autres paroles que "Piu... va va va va va va va va". Je l'ai composée pour le générique de la prochaine émission télé de Mike Bongiorno. »

Elle deviendra *Nous*.

Durant trois semaines, lui et moi avons cavalé dans la ville du football italien. Une pointe d'ivresse et de liberté. Toto bondit d'un piano à l'autre chez ses trois maîtresses. Le week-end était réservé à sa régulière, une bombe brune recluse au fond d'un village de Lombardie. Les musiques défilent. Mes lacunes en italien m'obligent à ne pas trop causer. Mes doigts circulent sur le clavier.

« Il celo è sempré un po piu blu. » Je prends. Bien sûr que je prends. Elle deviendra *Reviens*.

« *Lasciatemi cantare* ?

— Celle-ci, je te la laisse. Imagine la traduction en français à base de gondoles, guitares sèches et spaghettis al dente ! Je ne me vois pas dans ton *Italiano*, je risquerais de prendre un bide pour l'éternité. Déjà que la femme de chambre est caprésienne et qu'elle semble tellement déçue de devoir faire mon lit après m'avoir entendu crier à la terre entière que Capri était fini...

— J'ai rarement connu quelqu'un d'aussi drôle que toi. »

Le grand Toto me prête toutes les qualités. En gare, au moment de se séparer, il se plie en excuses de m'avoir sans vergogne dévoilé les écarts de sa vie privée.

« Mes petites mélodies sauront, par ta belle voix, enthousiasmer le public français et te réconcilier avec la Caprésienne. L'ultime chanson a déjà un titre : *Venise, pour l'éternité*. Je l'ai composée rien que pour toi. Voilà ma réaction à ton amour désespéré sur l'île de Tibère. »

Rue Véron, la cassette tourne en boucle. Je m'attelle à pianoter frénétiquement.

Je recommande seulement à mon instinct de ne pas s'encombrer de paroles plombantes. J'écris deux textes à la fois. Intrigante schizophrénie.

« *Nous, nous étions faits pour être ivres* (...). *Nous, nous étions faits pour être deux.* »

Revaux et Talar, mes chers producteurs, ne dévient jamais de leur trajectoire.

« C'est trop rive gauche, tout ça. Reste un chanteur de charme ! Tu as la chance d'être connu et il se pourrait bien que ces mélodies italiennes entrent dans la spirale à tubes. Un auteur comme Pierre Delanoë risquerait de faire mouche. Offre ta voix à de vrais professionnels, et tu seras entendu. »

L'époque des ventes de disques est bénie. Ne pas compter sur eux pour se détacher de moi. Je suis leur première signature, ils n'ont pas l'intention de rendre les armes. Leurs interrogations ne s'écartent pas du cadre professionnel. S'ils ont deviné que chanter me permet de tenir debout, ils ne sauront rien de Garches, ni de Mexico. D'une fidélité rassurante, Revaux avait fait plusieurs sauts de puce pour me voir briller dans les stades d'Amérique latine. Devant ces deux-là, je ne laisse pas paraître mon mal de vivre.

« Reviens, elle est là près de toi, elle est belle/Je te vois quand je suis elle. »

« Histoire un peu surréaliste. On va la garder pour un prochain album. »

Satisfaction fédératrice au studio 92 de Boulogne-Billancourt. L'écoute des douze orchestrations signées par le maestro Hervé Roy prometteuse. À deux pas de la machine à café neuve en panne, je fais la connaissance de l'auteur Claude Lemesle. Il a des yeux froids. Chanteur à ses débuts. De lui, *Mademoiselle de déshonneur* est ma chanson préférée. « *Piu* » s'est mué en « *Nous* », « Donna donna mia » en « *Pourquoi ? Pourquoi ? Pourquoi ? Pourquoi le silence ?* ». Ma réaction initiale tombe comme un couperet.

« Ah ! C'est écrit à la machine ! »

Lemesle est méticuleux. Aucune rature.

À Revaux, je propose ce début : « Nous, c'est une illusion qui meurt/D'un éclat de rire en plein cœur. »

« Mais qu'avez-vous tous donc avec vos chansons compliquées ! Ce qu'il me faut, ce n'est pas de la poésie, mais une bonne chanson populaire ! »

Je distribue un crochet du droit à la machine à café. Elle remarche. Je n'en démordrai pas. Revaux abandonne ses certitudes. Lemesle argumente. Dans la foulée, le texte est reconstruit. Je piétine, impatient d'aller au micro.

La chanson du retour s'avance tel un vaisseau qui fend la mer.

Nous est catapultée sur toutes les ondes au point de donner la nausée aux pourfendeurs de la chanson de variété. Deux usines tournent la nuit pour presser la galette. RTL et Europe 1 déroulent le tapis rouge. France Inter surfe sur la vague. *Paris Match* publie six pages. Mon visage sans rides crève l'écran. Chez les Carpentier, c'est toujours non.

Un échange de cartes de visite et un coup de poing dans une machine à café. Le phénomène est survenu par la grâce du hasard. Je n'ai donc rien à craindre. J'aime la foule. J'aime tout ce que je souffre. J'aime la faune quand elle vient vers moi. On se croise, on se tâte, on plonge dans les eaux du souvenir. J'ouvre les vannes du partage.

André Bézu se réjouit. La campagne de la présidentielle se dessine. Cette comédie-là l'anime. Au milieu des salons, il scande des « Vive Chirac ! Vive le général de Gaulle ! ». Rien ne le fait plus jubiler que le pincement de lèvres incommodé d'une bonne bourgeoise. Rossi, Nougaro et moi l'avons engagé comme détaché de presse.

Sa seule présence, bien que de temps à autre encombrante, suffit. Je revois Dalida. Elle rayonne en pleine période disco. Rien n'est aussi grave dans le show-biz que d'y gagner sa vie. L'endurance des infatigables coureurs de cocktails me désoriente. Je finis dès lors par confondre courtisans et critiques de la page « spectacles », ceux que mon ami Nino Ferrer se plaît à surnommer « la basse-cour du *Figaro* ». Les chanteurs populaires ont rarement les faveurs du quotidien centenaire. Les crapauds prédateurs d'hier se rappellent à mon souvenir. Cette fois, leurs injures à double détente ne m'atteindront plus. Les haineux auront pour seul public des imbéciles.

*

Des kilomètres avalés au volant. Des trains aux horaires laxistes. Une promotion intensive. L'emballement médiatique dégommait l'indifférence de ma précédente tentative. De quoi allais-je me plaindre ? J'étais pourtant harassé en arrivant à La Baule, le corps aussi courbatu qu'un tennisman contraint de disputer cinq sets. Dans la salle de danse de l'auberge, je repêchais une humeur participative. Musiciens, éclairagistes et sonorisateurs me transmettaient leur soif d'en découdre. Ces répétitions concouraient à affiner mon répertoire.

Devant nous, une centaine de dates et trois semaines à l'Olympia. Les séances étaient pétries de chaleur. Créer une habitude, se forger des automatismes. Cela réclame de la complicité. La nôtre s'était créée presque immédiatement.

Mon casque s'est collé à l'oreille. L'orchestre absorbe ma voix patraque. Il électrise un glissement de notes qui traverse les portes entrouvertes et se répand parmi les arbres du parc. Les feuilles des marronniers ont la tremblote. Le batteur ne frappe pas à l'économie. Le son est compact. J'arrive à injecter un nouvel effet dans *Fais-la rire*.

Brusquement, la tension et la fébrilité envahissent la pièce. Un grand gaillard en frac déboule en trombe par l'arrière d'une dépendance.

« Messieurs, veuillez cesser vos mélopées abrutissantes ! Nous n'apprécions aucunement la musique de sauvages dans nos familles. Je viens de marier le dernier de mes fils et nous aimerions prendre le repas de ses noces en paix. Ce bruit me saoule. Vous nous dérangez ! »

Son visage est en feu. La rage jaillit de ses pores. En toute impunité, ce notable nantais s'arroge le droit de la leçon du respect d'autrui. Une femme chapeautée débarque. Aussi teigneuse que son mari. Une boule de haine.

« Cela sent la drogue ici, en plus. Votre voix me hérisse et m'insupporte. Sortez, monsieur, sortez ! »

Cinq des musiciens se sont dressés en ligne devant moi comme pour me porter secours. Xav', le sonorisateur, un brin goguenard :

« Ce n'est pas de la drogue, madame, c'est de la beuh. Voulez-vous goûter ? »

J'ai opté pour le mutisme.

Flottement au sein de la famille bourgeoise. Un précieux à cheveux courts invoque les dépenses faramineuses du mariage. La gesticulation désaccordée, il clame être le frère du marié et le meilleur préparateur en pharmacie de la ville d'Anne de Bretagne. La mariée décampe. Son époux panique. La meute d'invités quitte la banquette et se déchire tapageusement dans la salle avoisinante. Les points de vue divergent. Les jeunes se rallient à nous. Ils regrettent l'extinction de ce déluge de décibels. Les musiciens glissent leurs instruments dans leurs housses respectives.

Deux ados m'interrogent sur les fonctions de chacun dans l'orchestre et si l'empilage d'un tel matériel sonore rapporterait gros. Personne ne relève. J'ai ressenti du dépit.

À l'extérieur, La Baule miroitait au soleil couchant. La mariée vagabonde le long de la plage, chaussures à la main. Le bas de sa robe satin crème traîne dans l'eau. Je vais à sa rencontre. Elle ne fuit pas. Et me dit :

« Je m'appelle Maud. Je viens d'entrer dans une famille de cons. »

Laurent, mon batteur longiligne qui vérifiait l'état de sa planche de surf, lâche un sourire approbateur. Il n'a pas l'esprit d'un objecteur de conscience. Tandis qu'il s'élance pour affronter les vagues tranchantes, Maud me prend la main :

« Dommage, j'aime beaucoup vos chansons. On aurait pu danser. »

*

Dîner au Palace avec Nicoletta, Véronique Samson et Alain Pacadis. Sur le chemin du retour, ils chantent *Nous*.

« Mon bel immeuble à la façade Art déco est un archétype de perfection. C'est un enchantement.

— Ah bon, c'est donc là que tu vis ? » s'étonne Alain.

Il avait sorti un minuscule carnet de notes. Des mots illisibles, griffonnés en pattes de mouche.

« Oui, je possède au cinquième étage un 280 m². Pour que mon destin s'accomplisse, il me faut bien ça ! »

Ma langue a failli fourcher. Mais je me suis bien gardé de dévoiler le montant de cette nouvelle acquisition, avenue Pierre-Ier-de-Serbie.

Ce journaliste se présentait en toutes circonstances avec un teint jaunâtre, des tifs gras et des ongles noirs. Malgré notre rapport affermi, j'avais l'intime conviction qu'il ne me ferait aucun cadeau en écrivant l'article. « *Mais si j'enfonce un mot violent comme un clou, je veux qu'il suppure dans la phrase comme une ecchymose à cent trous.* » On ne cite pas Antonin Artaud par mégarde. Ces deux-là avaient la même folie clinique.

« On s'habitue à vivre en première classe, n'est-ce pas ? Il y a quelques années dans un papier, j'ai volontairement confondu la chanteuse France Gall avec le match de rugby. » Alain Pacadis trimballait sa dégaine de dandy décadent. Il ne sentait pas bon.

Il passait souvent chez moi après des soirées déliquescentes. « Drug and Sex Pistols », c'était sa devise dès l'instant où il franchissait ma porte. Il avait la franchise de ses aphorismes.

« Va donc prendre une douche avant d'écrire pour *Libé*. Ton papier sera meilleur. »

Le lendemain, je le lisais. Une écriture racée, des fulgurances. Une plume en liberté.

Certains jours, pourtant, je pose un genou à terre. Le rejet de ce que je représente. L'agacement du reflet de miroir. La détestation d'un passé décomposé. La vie file à la manière d'une série de capitulations. Un état neutre supplée souvent un réveil apaisé. Il me suffirait d'avoir le courage pour tout bazarder par-dessus bord. Une forme de lâcheté m'oppresse. Depuis que j'ai renoué avec le succès, je m'isole des violences verbales. J'éprouve parfois ce désir de rompre. Juste provisoirement. Consommer cette séparation. S'arrêter aux portes de Paris. Laisser une distance s'installer. Prendre du temps pour moi à l'image d'un jeune divorcé. Les petits concerts de bruits sourds sont mes distractions. La solitude brille comme une étoile endormie. Ma seule certitude est de n'appartenir à personne. Les petites crises névrotiques, je les réserve au public. Qui m'enchaîne à lui seul.

Elle fait luire l'argenterie, hurle en russe des vacheries à l'encontre de son valet cap-verdien. Dans un vaste appartement de la place de l'Alma, ma voisine Ludmila Tcherina entasse sur sa cheminée des œufs de Fabergé et des bibelots précieux. Elle peste sur Paris, les jours maussades, et déteste la campagne. Au petit matin, la tragédienne à la taille de guêpe prend aussi l'habitude de débouler chez moi à l'improviste pour décaper au vitriol les programmes télé de la veille. Un turban rose ajusté sur sa perruque de cheveux raides et les éclats de diamant au cou illuminent son lifting impeccable.

Une fois par semaine, Ludmilla donne un cocktail au salon noir. Sur les murs, Degas, Dufy, Leonor Fini, Van Dongen. L'ex-danseuse étoile de l'Opéra de Paris plante dans le décor quelques émotions violentes parsemées de petites plaintes aiguës. Elle attire dans ses filets. C'est sa chorégraphie la plus rodée. Les antiquaires se préoccupent de sa plastique. Maîtres du barreau, armateurs et banquiers s'emballent devant la toile du jour exposé sur le chevalet. Lauréat quasi permanent, le jockey Yves Saint-Martin s'acoquine aux riches propriétaires d'écuries. Près de la cheminée sculptée d'une seule pierre blanche, les joueurs de bridge rivalisent de flatteries avec des écrivains francs-maçons publiés à compte d'auteur.

Autour de ce ballet mondain, des pique-assiettes jamais rassasiés.

Maria Félix me repère dans la mêlée. Elle ne mâche pas ses mots.

« Je vous retrouve en forme, mon beau petit Français. J'espère que vous avez effacé de votre cœur vos déboires mexicains. »

Un doute s'insinue. Comment oublier ? J'ai besoin d'un joint.

Ludmila se campe au centre de la pièce. Elle réclame un instant d'attention.

« Levons notre verre de brandy à mon tendre voisin chanteur. Saviez-vous qu'il connaît un succès fou actuellement ? »

Guy des Cars lève son chapeau poliment, puis s'éclipse par la sortie de service. Les forces en présence m'applaudissent du bout des doigts. J'ai vraiment besoin d'un joint.

Les soupers comportent peu d'invités chez la Tcherina.

« Monsieur Mourousi a un empêchement. Il ne pourra pas être des nôtres.

— Tant mieux ! s'écrie Jacques Chazot. Cela nous évitera d'entendre l'espion qui ne s'intéresse à la conversation que lorsqu'il parle de lui ! »

Le majordome cap-verdien, au tablier de soubrette, s'admire dans le miroir vénitien. Annonce :

« Mademoiselle est servie.

— Alors mes amis à table. Chère Maria, donnez-vous la peine de prendre place auprès de monsieur Toscan du Plantier. Chazot, tenez-vous à la droite de Nicky Nancel. Bouvard, allez porter secours à la comtesse Brandolini, je l'exige, le grand chevalier blond qui l'accompagne ne devrait pas dire grand-chose. Quant à vous, mon amour de voisin, je vous veux en face de moi. »

Fidèle aux bonnes manières qui lui ont été dictées, le valet s'empresse de brûler de l'ambre pour disperser la fumée des cigares. On se masque derrière un charme impénétrable avant de dérouler sa serviette en forme de fleur de paradis.

« Levons nos verres, s'il vous plaît, à la mémoire de mon ami André Malraux.

— Si l'on parlait American Dollar et Bolchévique Caviar, ha ha ha ! Paris, c'est quand même la plus belle ville au monde, merde ! »

L'inaltérable et récurrente formule magique de Nicky Nancel bannit tout malaise de cette chaleureuse cordialité. J'observe les fenêtres éclairées de l'appartement d'en face et perçoit des intonations qui m'arrivaient par intermittence. Mon vague à l'âme est coriace. Sur mes gardes, je me tiens prêt à cabrioler au cas où le grand lustre en cristal de Murano, au-dessus de nos têtes, viendrait à s'échouer dans nos assiettes de faïence.

« Ce navarin est délicieux. Est-ce bien du veau ? Pauvre petit veau ! Aimez-vous l'opéra ? C'est sublime, l'opéra, surtout Vienne ! »

Voix discordante à la mémoire défaillante, la comtesse de Brandolini cause dans sa serviette. Elle me pince la joue droite de sa vilaine main flétrie aux ongles crochus.

« Bien entendu que nous allons venir vous applaudir à l'Olympia. Cela doit être épuisant, tout ce travail. Walkyrie à Pleyel, c'est pour quand, dites-moi ? »

Au sorbet, Bouvard bâille. Chazot s'en tient à son sujet de prédilection : Sagan. Qui d'autre ? À mon tour j'entre dans la danse :

« Cela se passe à l'Alcazar, à Marseille. En coulisses, la grande Juliette Gréco s'apprête et ne cache pas son trac. Le présentateur entre sur scène, claironne : “Mesdames, messieurs, voici la grande Juliette Gréco.” Du balcon, on entend un perçant “C'est une pute”. Le présentateur enchaîne : “Quoi qu'il en soit, voici Juliette Gréco.” L'assistance n'a pas ri. Gréco non plus, du moins je pense. »

Sur le divan de cachemire blanc, Maria Félix est étendue. Dans cette position, elle se sentait affranchie.

« Il paraît que tout Mexico est en extase avec le retour de Gloria Lasso à l'Olympia. S'ils savaient, ces conios, qu'elle ne fera que passer devant ! »

Le gigolo blond sans gêne caresse la nuque de la comtesse. Il se glorifie de connaître Rita Hayworth et se donne des airs de précieuse ridicule.

« J'ai un grand besoin de luxe. Aurons-nous un de ces dimanches la joie de partager à cette table un repas avec Rudolf ?

— N'abusez pas de ma bonté, jeune homme. De grâce, dites Noureev. Vous êtes chez moi et je vous demande de vous montrer respectueux de mes amis. »

L'impétueux regarde le sol. Toscan pique du nez. Bouvard, étrangement absent.

« Encore un doigt de vodka, mon beau chanteur ? »

Ludmila chérit les gens gais. Aux alentours de minuit, la vodka a des relents de savon. La danse des souvenirs consolateurs tourne à l'euphorie et balaye exclusivement l'existence trépidante de notre hôte du soir. Le cristal ne se brise pas en s'échouant sur les tapis russes. Elle est encore debout dans ses escarpins dorés.

Le bonheur m'est nécessaire pour mieux chanter ma peine. Mentir ne nécessite pas un sursaut. Les règles de ce métier sont souples. J'assume ma part de féminité. Il m'arrive de me coucher sans me démaquiller. Je slalome avec des mots convenables et conciliants. L'essentiel est de savoir se comporter.

L'expressivité décomplexée et la gourmandise ricanante d'André Bézu confisquent chez moi toute velléité de mauvaise humeur. Détonnant attaché des relations publiques du théâtre du Palais-Royal, il a naturellement ses entrées à la Comédie-Française. Quels fantômes y rôdent en coulisses ? Ma fascination pour les acteurs commence à prendre de l'âge. Elle ne se banalise pas.

À la fin du mois de juin, les sociétaires partent en vacances. Les ouvreuses recouvrent de housses blanches les fauteuils rouges de la corbeille. Michel Duchaussoy me pousse sur la scène, les dames applaudissent. Sacrilège. Je rends ce geste révérencieux.

Au hasard, je franchis les portes battantes d'une loge. Jean Le Poulain ôte son masque du *Malade imaginaire*. Indestructible incarnation de la condition humaine.

*

Caracoler au sommet des ventes ne me grise pas autant que d'emprunter le Fokker du Premier ministre Raymond Barre, spécialement appareillé pour moi.

Je pars à Liège proclamer mon attachement à une Europe élargie. Avec la conviction de rendre service à la France. À la tribune des marchands d'espoir, le politicien professionnel est avare de gratitude. S'il est ministre, le remerciement sera encore moins de mise. Je récolte le plaisir étouffant et vaniteux de serrer des mains. En retour, des sourires téléguidés.

Un an plus tard, je m'en vais retourner ma veste dans une fête champêtre orchestrée par le Parti socialiste au cœur du Berry. La Peugeot 404 a remplacé l'avion privé. Les routes sinueuses supplantent les turbulences. Arrivée à Blet, échinés et engourdis. La scène au plancher vermoulu supportera-t-elle les quatre imposants amplis Fender, le poids des instruments et la configuration de sept musiciens ? Je me permets de m'étonner de l'absence d'un verre d'eau et d'une collation. Le secrétaire de mairie rétorque un offensif « Mais il a la grosse tête, celui-là ! ». Les musiciens me fixent, mi-désabusés, mi-interloqués. L'aimable fonctionnaire me tend une feuille, sans ajouter un mot. Il bat en retraite.

Les militants de cette bourgade du Cher ont apparemment d'autres préoccupations. Je vais leur donner de quoi m'entendre. À l'instant où je monte sur l'estrade, François Mitterrand mord dans une andouillette en déambulant vers les baraques à l'ombre du parc. Se succèdent des sensations contradictoires, l'agacement, l'ébaubissement. Mes mains volettent sous un soleil cuisant. Alors que la brise sifflote dans mon micro, j'expulse mon exaspération :

« Tous pareils, ces politiciens, ils ne respectent donc rien ! »

S'en remettre, encore et toujours, à l'engouement des fidèles, bravant les kilomètres et toujours prompts à s'enfiévrer de mes chansons populaires.

« Fais-la rire, fais-la rire, fais-la rire/ Pour elle tout peut recommencer... »

« Nous, c'est une illusion qui meurt/D'un éclat de rire en plein cœur/Une histoire de rien du tout/ Comme il en existe beaucoup... »

Leurs mains tendues suffisent pour la consolation. Mitterrand se frotte à la foule disparate.

Se cale sur mes paroles, qui lui sont inconnues. Au sein de meetings précédant une élection règne cette inusable prétention du mieux-vivre autrement, mais surtout pas ailleurs. L'andouillette est forcément meilleure dans le camp adverse.

L'homme à la tête de sphinx se saisit de mon micro. Des phrases concises et appuyées collent à sa mâchoire serrée. L'auditoire, conquis, prête une attention soutenue à ses propositions et à ses circonlocutions parfois hasardeuses.

« Mes chers compatriotes, nous traversons une vraie crise de démocratie. Il nous faudra réparer les innombrables bévues de M. Giscard d'Estaing et de ses prédécesseurs, réduire à tout prix le chômage. Étendre les budgets. Créer un impôt sur les grandes fortunes, abolir la peine de mort. »

Sur l'herbe, assis en demi-cercle, mes musiciens lèvent leur canette de bière à la fin de son intervention. Laurent, le batteur, martèle qu'il lui donnera sa voix. Le drapeau flotte. Le secrétaire de mairie chique son tabac et envoie *La Marseillaise* grésiller dans le haut-parleur. L'hymne m'émeut et me renvoie à mon indélébile petite enfance, située à une dizaine de kilomètres à vol d'oiseau.

Guéret. Même été. Le Parti communiste est aux commandes d'un autre rassemblement champêtre. Sous un irrespirable chapiteau, les

Creusois noyés dans les vapeurs d'eau trépignent. Je m'efforce de franchir les coulisses avec retenue, de me tremper dans un personnage froid. Tel un pilier de marbre, Georges Marchais se poste devant moi. Il ordonne d'un ton austère que j'écourte mon tour de chant. J'aurais pu récriminer. Je ne riposte pas. De toute façon, la gloire n'est qu'une utopie, c'est ma conviction ultime. L'entracte traîne en longueur. Messieurs Marchais et Fiterman ont mésestimé le peuple. Le chapiteau a sévèrement désempli. Ils sont contraints d'écourter leur discours. Marchais n'exhibe plus sa théâtralité, il quitte la tribune. Combien d'hommes politiques sauront juger l'importance du rôle qu'ils sont appelés à jouer devant la vindicte populaire ? Fiterman finit par traiter les organisateurs de la manifestation avec un criant mépris.

*

Blanchir mes nuits en compagnie des copains, place de la Contrescarpe. Rentrer au petit matin quand la capitale s'éveille. À la station Maubert-Mutualité, François Mitterrand arrive à pas réguliers. Il relève son chapeau.

« Bonjour. Ah, c'est vous ? Comment se porte notre cher Daniel Cordier ?

— Je ne peux pas vous dire, il y a longtemps que je ne l'ai pas vu. Je vous en prie, monsieur, prenez ce taxi. Vous devez être bien plus pressé que moi. »

À mon teint blafard, il doit s'imaginer que je suis un garçon du désordre en lutte avec l'insomnie. Le chef du Parti socialiste monte dans la voiture, puis abaisse la vitre après un signe discret, replongeant son nez dans son livre.

Un matin de mai, repère identique. Le quartier est bouclé par la police.

Le libraire sort de sa boutique pour me rendre grâce de ma bienséance à l'égard de son meilleur client de la rue de Bièvre. Il forme avec l'index et le majeur le V de la victoire. Une fringale me conduit à entrer dans la brasserie du coin. Sur une chanson disco-hédoniste de Patrick Juvet, le garçon de café se trémousse en faisant tourner avec son index un plateau vide. Boulevard Saint-Germain, Mitterrand s'en va dans un véhicule officiel vers la présidence de la République.

Le mois suivant, l'affluence crève tous les plafonds sur l'esplanade de l'hippodrome d'Évreux. Plusieurs milliers de personnes, me glisse fièrement un bénévole. Concert gratuit à l'heure du goûter. Je ne fanfaronne pas, la fête est un marronnier. Les stands de vente de bonbons sont envahis d'enfants turbulents. Les ballons s'envolent et se mêlent aux cerfs-volants. On pousse bébé sous un ciel fade.

Mon employeur, gratte-papier au journal associatif *Le Regard de l'Eure*, a viré du centre droit très à gauche.

En quête d'un score déterminant aux législatives, les communistes de Normandie ont fait main basse sur la manifestation. La banderole est visible de loin. S'y inscrit en lettres rouges : « Votez pour des ministres communistes au gouvernement. » Derrière la palissade de canisse, je ne cache pas ma perplexité. Mon contrat d'engagement stipule la neutralité morale et politique. Rien ne m'oblige à présenter mon spectacle sous contrainte. J'exige du rédacteur opportuniste de détacher la banderole. S'il ne s'exécute pas, j'annule. À la suite de tumultueuses tergiversations, le parti finit par s'incliner. Un décérébré menace de me couper les couilles. Un autre caïd m'annonce que la sentence sera sans appel dès qu'ils seront au pouvoir.

Pas de réprimande de la foule pour le retard accumulé. L'orchestre double le tempo. Ma chanson d'entrée est autobiographique. « *Qu'est-ce que tu crois, je suis debout/ Le cœur en croix, qu'est-ce que tu crois…* » Les guitares saturent, un larsen m'a torturé le tympan gauche. Ma tête tangue. Enchaîner les titres, vite. Entendre les fans s'égosiller, longuement. Il y a de l'absentéisme dans mon chant.

Les militants obstinés hurlent : « Dégage ! »

À ma descente de scène, un quinquagénaire à couperose pointe une barre de fer à hauteur de mes jambes et déroule l'étendue du champ lexical homophobe. Le rédacteur parvient à me pousser à bord de la CX qui fonce à travers l'hippodrome et déchiquette la pelouse. Au café-tabac, le pigiste excité du canard local me confesse qu'il a relaté l'incident à l'AFP. De sa bouche, j'apprends qu'une petite fille a été gravement blessée au visage par une bouteille en verre qui m'était destinée. Je suis malheureux, j'aimerais en savoir davantage sur elle. Fiasco complet.

Le lendemain, *Le Figaro* daigne citer mon nom dans ses colonnes : « Législatives : le chanteur courageux fait reculer la cellule communiste sur l'hippodrome d'Évreux. » Me voilà classé définitivement à droite. Un scoop. Seuls mes rêves m'absorbent et m'empêchent de perdre ma lucidité.

Côté cour, entre deux penderies, rituel orchestré de mes sorties de scène. Je ne me rappelle pas qui m'a délesté de ma chemise ruisselante et ceinturé dans un peignoir. Paulette Coquatrix me tapote les mains en battant la mesure. Pauline, sa fille, se détourne de moi, suspicieusement fuyante.

« Qu'est-ce qu'il y a ?

— Blanche, ta maman…

— Oui ?

— C'est fini. »

D'abord, ce n'est pas grave, la mort. C'est un mot désincarné et expéditif. Surgit l'image de maman, l'autopsie éclair de nos brefs instants. Elle est étendue dans le silence de sa chambre à Garches. L'Olympia va s'écrouler.

« Respire fort ! Entends comme c'est beau, ce public qui t'aime. »

Quelle est cette chose qui me submerge ? J'aimerais paraître léger. Des mains joyeuses me réclament. Elles m'en redemandent comme si elles avaient compris et cherchaient à évincer le brouillard. J'y retourne. Les mains ne me lâchent pas. Homérique amour platonique. En échange, des bluettes. Ce métier n'épargne pas les remous du cœur. En cas d'affliction, on ressent du bien jusqu'à l'éveil.

La mort vient frapper aux moments les plus glorieux. Elle laisse au chagrin des souvenirs d'avenir. Je me suis courbé en deux comme pour être acclamé dans son ventre. J'ai fermé les yeux. C'était merveilleux.

« Ici les pompes funèbres de Gambetta, je vous écoute.

— Mademoiselle, ne m'abandonnez pas, je ne veux que des fleurs blanches.

— Pardon, monsieur. Qui êtes-vous ?

— Excusez-moi, mademoiselle, bonjour, mais je ne pourrai pas me rendre à Garches aujourd'hui. J'ai commandé le cercueil en bois de noyer massif capitonné de satin avec des poignées de cuivre jaune. C'est bien chez vous ?

— Ah, c'est vous, le chanteur. Je vous aime beaucoup.

— Faites bien ce que je vous demande, mademoiselle : maman, c'était mon enfant. Allongez-la, je vous en prie, dans sa robe de cachemire beige. Elle aimait tant la toucher, cette robe-là, elle disait que c'était doux.

— Cela sera fait, monsieur. Faut-il la chausser ?

— Oui, vous pouvez. N'oubliez pas, non plus, la poudre de riz sur son nez avant de fermer le cercueil et glissez-lui un bouquet de violettes entre les mains. Les violettes, c'étaient les fleurs préférées de ma petite Blanche.

— C'est tout ?

— Oui, faites, je préfère ne pas la voir.

— Très bien.

— Pardon, mademoiselle, un dernier détail. Avant de fermer le cercueil, veuillez joindre sa médaille de sainte Thérèse de Lisieux. Comme Piaf.

— La chanteuse ? »

De courts silences s'immiscent entre les mots lorsque ceux-ci n'évoquent que des éléments matériels et accessoires.

« Mademoiselle, je suis très pris. Je suis en plein direct. Aujourd'hui, je reçois mes anciens camarades de classe, ils arrivent du Berry vers midi. Vous connaissez le Berry ? Ensuite, ils comptent bien faire la fête à Paris.

— C'est pour *Avis de recherche* ? Oh, j'adore cette émission.

— Oui, c'est bien ça, l'émission de Sabatier. Ensuite, je file à l'Olympia.

— Vous allez monter sur scène un jour pareil ? Comme je vous plains, mon pauvre monsieur. Vous avez beaucoup de courage. »

Je ne dis rien.

« Patrick Sabatier, il a l'air vraiment gentil. Quelle chance vous avez de le connaître ! Auriez-vous par hasard deux places pour moi ? Promis, je m'occupe des fleurs blanches.

— Mademoiselle, nous sommes vendredi. Je chante jusqu'à dimanche en matinée à l'Olympia, j'enterre maman lundi au Père-Lachaise. Venez dimanche, je vous envoie les deux places par coursier avec le chèque. »

*

Une église en carton-pâte. Devant le décor, une vingtaine de mes anciens camarades de la Celette endimanchés d'un habit intemporel. Je passe par la case maquillage et arrange ma chevelure noire. La mort ne rôde qu'en arrière-plan. Sabatier pourchasse l'émotion. Il s'ajuste toujours pour que l'invité ne soit pas sur la réserve. De ma mère décédée dans la nuit de lundi à mardi, il ne dira rien. Le malheur est toujours un secret. Ne me reste plus qu'à dévider mon histoire d'écolier.

Le lourd accent berrichon me ranime. J'ai fait mine de tous les reconnaître.

« L'en veut-y du beurre ?

— Ça, c'est du lait frais qui vient directement de ma ferme !

— Moi je t'ai apporté un pâté aux patates, c'est grand-mère qui l'a fait ! »

La plupart d'entre eux vivent encore de cette pauvre terre berrichonne. Leur dévotion m'attendrit. Ils s'apprêtent à sauter dans les bars parisiens. En attendant, ils défrichent mon enfance avec tendresse et bienveillance. L'émission approche de la fin et je n'ai pas saisi l'opportunité d'une attention pour l'abbé Angrand. Derrière moi, une voix résonne comme le glas.

« Que de beaux gestes ô combien sont nécessaires pour faire le dur métier d'artiste, petit frère, pareil au noble métier de mes amis paysans. Rendons grâce à la vie que Dieu nous donne sur terre. Alléluia ! »

Il se tient là, droit comme un cierge. L'abbé me retient dans ses bras d'acier, conscient d'être une béquille en cet instant. La lumière immobile de ses yeux clairs s'adresse directement à la caméra.

« J'ai aimé René plus que tout enfant au monde. Lorsqu'il était un petit garçon, personne ne lui donnait jamais d'amour. »

J'ai dû détourner la tête un peu vite. Lacrymal. Je m'étais pourtant promis de ne pas m'effondrer. Des bribes d'images, de sensations, m'affolent.

Un véritable curé de campagne assis à la droite d'Amanda Lear et une cohorte de paysans, tous ébahis. Le rang d'honneur de l'Olympia a du panache. Je reprends ma place de chanteur fragile.

« *Il volait des fromages aux gens de son village/Il volait pour se faire punir/Il donnait des bons points/ En offrant des images/ Il donnait pour se faire plaisir/ (...) Le p'tit con qui portait/ Toutes les fleurs au cimetière/Simplement parce qu'il avait dit/ Qu'il avait des cousins/Et cinq ou six grands-pères...* »

Cette ode à mon passé d'orphelin aura contribué à mon statut de grande vedette. Je m'avise que je n'ai toujours pas de caveau de famille. J'ai trente-six ans. Maman, je n'ai jamais pensé que tu allais mourir à Garches puisque, vivante, tu étais déjà morte.

Pour elle, des chants grégoriens en Saint-Pierre-de Chaillot et *Du gris*, la chanson de Fréhel. Six âmes suivent le corbillard garni de roses blanches. Service funèbre compris. Une amie ressemble à Judith Magre. Au Père-Lachaise, il est fréquent de glisser sur les pavés. Je suis débusqué de mon unique lien familial. Ma mère plonge dans le caveau communal où l'herbe pousse entre les fentes de la pierre tombale. Le croque-mort ordonne :

« Stop ! Déposez ! Stop ! »

Primitif, brutal, cinglant. Pas de réponse ou d'échange.

Je suis semblable à l'enfant de cette chanson mélodrame.

« *Voici des roses blanches/ Toi qui les aimais tant.* »

Seulement 367 jours à ses côtés. Le souffle brisé de ce long chemin parcouru. Putain de mal au ventre.

Les jours se suivent. Je reçois des mots intelligents, des condoléances chaleureuses. Puis les bruits de la félonie se répandent dans les couloirs du show-biz.

« Il paraît que ce n'était pas vraiment sa mère… Il ne s'est jamais occupé d'elle… Quel fils ingrat !… La pauvre, comme elle a dû souffrir… Elle n'aura pas eu de chance… Son vrai prénom, d'ailleurs, ce n'est pas Blanche, mais Marcelle, je le sais ! »

Inlassables vertiges d'une filiation fugitive. Pour le repos de Blanche, une sépulture à proximité de la môme Piaf. C'était son souhait. Je l'ai enfin sortie du caveau de la honte. Le nom de maman gravée dans le marbre noir ne m'est plus étranger. Elle réside à l'ombre d'un jeune tulipier vert qui devient jaune ocre en novembre. Au bas, sur le côté droit :

BLANCHE VILLARD (1903-1981)

*

Je reprends le contrôle des émotions. Mes colères restent sur le qui-vive. Le désir vivace de rencontrer un être de connivence. L'urgence d'une épaule rassurante.

Au cimetière du Père-Lachaise, on ne croise ni fantômes ni gendarmes. Des morceaux de pierre s'effritent au pied des tombes. En flânant dans les allées, je me suis souvent demandé pourquoi personne ne se baisse pour les ramasser.

« Un Ricard sinon rien. » Le slogan de la marque bleue et jaune vrombit dans les haut-parleurs suspendus sur les balcons et les lampadaires de la ville-départ. Il s'emboîte à sa caravane, répétitif et anesthésiant. Dans la Citroën aux rideaux clos, le patron de la Grande Boucle, Félix Lévitan, partage une demi-bouteille de vin rouge avec son sponsor généreux. Les silhouettes des coureurs dessinent un immense jeu de quilles. Les jambes intégralement épilées, ils attendent le signal du patron pour s'élancer. La veille, on m'a averti du côté spectaculaire de l'étape du jour. L'Alpe d'Huez, tracé légendaire du Tour de France. Escorté par deux motards, je frime seul au volant de ma Golf.

Je longe la course en marge du peloton. Le spectacle est dans les cols. J'envie la robustesse des coureurs, le dos ruisselant, qui dansent par-dessus leur selle. Sur les visages, le rictus de la douleur. Ils repoussent les limites du possible. Ils ont le cuir dur. « Allez, allez, allez »... Au bord de la route, des encouragements altruistes et compassionnels. Le peuple garde toujours la juste cause. Fierté chauvine, il agite des drapeaux tricolores. Il aime les coups du sort et la jouissance du malheur autant qu'il acclame le frémissement de l'exploit et les triomphes conquérants. Bernard Hinault décroche ses rivaux dans l'ascension finale. Il franchit la ligne en tête. Les autres arrivent par morceaux.

Je n'ai d'ambition de podium que mon devoir de chanter. Avant les balances du son, un détour régulier dans les vestiaires. Le torse d'Antinoüs est déjà sous la douche. Peut-être qu'un sportif au sommet de sa gloire pourrait m'aider à contourner les obstacles de ma carrière. Pourquoi ne suis-je jamais monté sur un vélo ?

L'autre vedette du Tour de France, c'est moi. Je bouffe du moustique dans l'air moite.

« *Reviens, on va vivre la main dans la main/ Avec toi l'aventure c'est si bien…* »

Mon nouvel hymne retentit sur les remparts d'Aigues-Mortes. Aux terrasses des cafés, les gardians dressent le poing en levant leur chope comme des guerriers.

Autre ville-étape, sur la grand-place de Limoux, la foule mirlitonne et trompette.

« Un Ricard, monsieur le sénateur ? C'est bon pour le foie. »

Je ne renâcle plus à l'insolence, j'y prends goût. La balance se déroule au sein d'un vacarme festif. Mon bassiste s'échauffe sur un titre d'Otis Redding. Mes guitaristes jouent des riffs denses et étendus.

La scène est couverte de cadeaux publicitaires. La place, noire de monde. Je m'accroche solidement au tempo. Laurent jongle habilement avec ses baguettes. Son numéro de batteur aguicheur est au point. Lui et les filles trouvent entente. Accoudées aux barrières, elles s'épanchent sur les mots de ce refrain chabada. De la coulisse, Fignon se joue de mon jeu de jambes, tandis que je dégouline dans ma veste rose. La France s'abreuve de liberté lorsqu'elle entonne en chœur. Elle a presque des velléités de combattant.

À proximité d'un garde du corps, mes conversations avec autrui sont hachées. Je m'appuie sur mes musiciens pour bousculer mes nuits. On s'entasse au hasard de l'obscurité d'une chambre, on sonorise la salle de bains par Hendrix ou les Rolling Stones. Le whisky se mélange à la marie-jeanne. Chacun a écopé d'un surnom et j'ai le droit à « Vévé » et « Hénervé Vicelard ».

« As-tu déjà mangé du chat ?

— Moi je n'ai pas fait d'études pour devenir guitariste.

— Toutes ces œuvres d'art planquées dans la réserve des musées, c'est criminel !

— Pour moi, ce n'est pas tromper sa femme que de baiser une fan sous un porche ! »

La clarté de la lune découpe les façades austères. Nos pensées sont débridées, elles jouent à saute-mouton. À cinq heures du matin, elles sombrent de fatigue dans les courants d'air. Rien n'aurait été plus naturel que de lire un chapitre avant d'éteindre. Laurent le batteur tire une latte de joint avant sa confidence amusée.

« Mon Vévé, tu te rappelles la mariée déprimée sur la plage de La Baule. Je me la suis faite ! »

Le TGV m'amène à Marseille. Nous sommes côte à côte. Elle croise les jambes. Elle lit Malraux. Les pages ne se tournent pas. La longue dame au teint olivâtre pose subitement sa main glacée sur mon coude.

« Je me demande vraiment pourquoi j'ai entrepris ce voyage. Je suis si malheureuse aujourd'hui. C'est dérangeant de parler de bienveillance dans un monde de dérision, froid et cynique. Voyez-vous, cher monsieur, une part de ma tristesse matinale se sera estompée par la joie que j'ai de vous rencontrer. »

« Monsieur ». Il est rare qu'on m'affuble de ce qualificatif. Aucun malaise ne s'installe. Ses paupières de nacre se braquent vers le bas. Elle est sophistiquée, mais son comportement n'est pas maniéré.

« Je suis écrivain. Nous avons une amie en commun : Maria Félix. »

La figure de la diva me poursuit partout. Celle, immobile, de Lalla aussi. Ma voisine fait une bulle d'air avec sa bouche.

« C'est cool de chanter, ça le fait, hein ? »

Elle s'encanaille avec la condescendance amusante d'un musicien qui adopte le parler décomplexé des banlieusards.

« Je ne vends pas autant de livres que vous de disques. Cela doit être excitant, la notoriété, non ? »

À travers la vitre, les monts de Provence baignent dans un ciel vert-de-gris. Ses respirations hachées m'interpellent.

« Avez-vous des enfants ?

— J'en ai perdu un et je n'en aurai pas.

— Et l'adoption, vous y avez songé ?

— C'est une violence. Une sentence. Ce n'est pas aux adultes d'adopter les enfants, mais aux bambins de choisir dès qu'ils auront l'âge de raison. Il y a l'émotion d'une absence sur le visage d'un enfant adopté, comme s'il était toujours prêt à partir. »

L'épaisseur de son maquillage lui sert de peau. Pourquoi me mets-je à penser qu'au moindre essoufflement d'une histoire d'amour, à la moindre première lassitude, elle doit être de celles qui prennent la première sortie ?

Escale à la gare de Valence. Elle s'échappe dans un élan rapide. Je m'en veux de ne pas lui avoir volé un sourire.

*

Fête du club de mes admirateurs dévoués. Trois mille membres m'enrobent d'une chaleur humaine débordante. Ils participent à la remise des jouets neufs et vieux à destination des enfants déshérités. Ils sont fidèles, radieux et ponctuels. Je suis le capitaine aux commandes du paquebot. Donc avec ses humeurs.

Pour un chèque ou un colis perdu, je verse dans une colère tyrannique. Le même tyran vient pourtant juste de s'accoutrer en Charlot, homme révolutionnaire et roi. Sur scène, rien qu'un jet de lettres d'amour, de roses et de peluches.

Françoise gère le journal du club au format poster. Elle m'annonce qu'on a été submergés d'appels, que le répondeur téléphonique a sauté, qu'il faut faire l'achat d'un nouvel appareil. Sur la page écrite du poster, on peut lire en caractères visibles : « Celui qui fait chanter la France ». C'est moi ! Je rédige l'édito, fournis les photos, puis contrôle le reste de loin. Dans ce numéro vacances, je réponds à une sorte de questionnaire de Proust. Une idée de Françoise.

Principale qualité : l'insolence
Principal défaut : mauvais réveil
Chanteur préféré : Michel Jonasz
Fleur préféré : l'orchidée
Acteurs préférés : Delon, Terzieff
Loisirs : dormir

Je ne suis pas imperméable aux flatteries et aux mots d'amour puisque je ne connais pas d'autre grâce que celle d'être né seul. Il arrive cependant que mes fans ne se cantonnent pas à seulement s'épancher sur mes qualités de chanteur. Généralement, le contenu de la missive occupe une demi-page maximum, signature chargée d'arabesques incluses.

« Je n'ai plus de quoi payer mon loyer. Mon mari va me tuer. Je t'aime. »

Je redoute les avances adoratrices. Je ne couche pas avec les fans. Je refuse de signer un autographe à quelqu'un qui complète sa demande par une tentative de kidnapping de mes lèvres. Je blêmis lorsqu'une jolie rousse, postée depuis des heures dans le hall de mon hôtel, me remet une enveloppe parfumée. Sur ses deux avant-bras, mon prénom tailladé à la lame de rasoir. Elle me plante ses ongles dans la paume de main. Me fixe du regard. Fond en larmes. Certaines me considèrent comme le Messie. Je n'étais pourtant pas attendu, je suis juste arrivé à l'heure. La sincérité de mes admiratrices en besoin d'affection force parfois ma perplexité. Au bout du troisième envoi dans la même semaine, elle bascule du vouvoiement au tutoiement. Les mots deviennent impulsifs, familiers. Les requêtes sans bornes.

« J'aimerais recevoir une dédicace et ton numéro de téléphone. Voici le mien, il est inscrit au dos de ma photo. Comment me trouvez-vous ? Je ne vous joins pas de timbre, car vous avez les moyens ! »

« Je ne sais pas pourquoi mon père me déteste. Réponds-moi poste restante. »

À la lecture de ces débordements furtifs, difficile d'être happé par de vives réactions. Faut-il rire des larmes de rimmel tombées sur le buvard sans croire une seule seconde à la vérité de leurs sanglots ? Que deviner de cette écriture qui penche à gauche ou à droite, de l'encre qui part en vrille en bas de la feuille et inondée de fautes d'orthographe ?

Parfois, l'acte se joint à la parole. Et l'effroi me saisit à l'instant où la mère balance sa gamine à l'arrière de ma voiture.

« Je voudrais tellement qu'elle soit heureuse. Faudra me la redonner, je viens la chercher demain vers midi. Prenez soin d'elle et passez une bonne soirée. »

Je jette beaucoup. Mais une des lettres les plus bouleversantes que j'ai gardées n'a toujours pas fini de me chambouler. Rédigée de la main d'un garçon.

Boston, 21 janvier 1984

Cher amour,

Je crois en Jésus-Christ. Je pense qu'il était homosexuel. En vérité, le mépris, la honte et l'ignorance sont autant de raisons du pourquoi que les hommes l'ont crucifié sur la croix. Me condamnerez-vous de vous écrire que je vous aime en secret depuis des années ? Aucun membre de ma famille ne sait rien de mon tendre aveu. Je vous sais si beau mais si loin que je n'aurai plus le privilège de vous rencontrer. Vous êtes un pur esprit, une grande vedette, évidemment très entourée. Je suppose donc qu'il est sans doute impossible de vous aborder. Je viens d'avoir trente-trois ans, juste l'âge où Jésus est mort sur la croix. Que peut-il m'arriver de mieux que de vous aimer en vain ? Que sera ma vie sans vous ? Originaire de Lausanne, je me destinais à l'enseignement. Mais n'ayant pas réussi à vous atteindre après avoir assisté à plusieurs de vos spectacles, j'ai décidé de fuir l'Europe pour vous oublier. J'ai obtenu la nationalité américaine depuis un an. Je suis devenu chercheur dans le Massachusetts et vous aime encore avec quelques années de plus. Votre sourire se fait si rare. Votre voix m'envoûte, j'aime aussi celle de Pavarotti. Je vais souvent méditer en forêt, il y en a de si belles par ici. Dès l'automne, on peut y contempler un flamboiement sur les hauteurs ensoleillées de Boston. La singularité de notre histoire me donne envie d'écrire un roman. Auriez-vous l'indulgence de me lire ? Peut-être serez-vous indifférent, aussi vrai que Dieu oublie dans sa miséricorde les nombreux pauvres gens vivant en Amérique malgré sa relative puissance planétaire.

Cher amour, je ressens les gens bons. Vous faites partie de cette famille-là. On aurait pu se dire tant de choses sans nous plonger dans le grand mensonge du monde. Est-ce déjà le bonheur de le vouloir à ce prix ? Sachez que je ne souffre pas de votre absence, je prends simplement le risque de vivre sans vous. J'aime vos mains, elles me parlent quand vous chantez. Je joins les miennes et dépose un baiser sur vos lèvres.

Jonathan B.

De l'église de la Madeleine au cimetière Montmartre, le corbillard transporte la dépouille de Dalida. Nous sommes quatre assis sur la banquette avant. Le prêtre ne la connaît pas. Maître Kam, l'avocat, regarde ses pieds, il n'a jamais de larmes. Danièle et moi pleurons nos pensées. Ai-je vraiment embrassé cette fée égyptienne allongée dans le cercueil derrière nous ? Était-elle en verre ou en cristal de Bohême ? Avenue de Villiers, le soleil s'irise majestueusement à travers les vitres fumées. La foule silencieuse lance des baisers en guise d'adieux. À nouveau, cette asphyxie dans la poitrine. La même que lorsqu'on m'a appris l'inconcevable nouvelle. Les images se dressent, se mélangent, s'embuent. J'imagine parfaitement son sourire au moment de partir.

Je la revois traqueuse et pétrifiée à la fête des cheminots au Mans. Elle chantait *Monday, Tuesday* pour la première fois. Droite dans sa robe en neige de soleil, plantée sur des talons d'échasse. Encore une fois, le public lui avait rendu la seule chose qu'elle méritait : du cœur.

« Et Dieu créa Dalida… » Le frère avait osé. L'affiche à la formule hyperbolique inondait le côté pair de l'avenue des Champs-Élysées.

« Pourquoi Dieu nous a tout donné et rien aux autres ? »

Il scandait ça, le petit frère, goguenard et triomphant. Qu'avait-il à te faire chanter ta mort, celui-là ? Je ne le dérangerais plus, ton Bruno, à lui demander de tes nouvelles. Il ne supportait pas ma présence, ni celle d'autres chanteuses, jusqu'à se plaire à changer leur prénom. « Ma… qui connaît Micheline Torr ou Colette Croisille ? Personne ! »

Pour se maintenir au rang de star, elle dégainait son attirail à base de crèmes, de poudres, de fonds de teint, de régime de fruits secs et de cris de détresse. Elle a trompé le destin pour ne pas se voir vieillir. Je me retrouve hagard au sein de ce métier de malheur. Abandonné, encore.

« La seule façon de ne pas perdre, c'est de ne plus jouer. » Voilà ce que tu avais répondu pour défier un journaliste d'un canard sordide. Tu répétais aussi que tu chantais pour nourrir la famille. Toujours parole, toujours. Qui t'a demandé de devancer l'appel avant que ta voix orientale ne s'éteigne et que ta peau de femme ne fatigue au rythme de la danse des morts ? J'ai bu des larmes au bord du rire que tu m'offrais avec délicatesse et rien ne devait entraver cette joie subliminale. On ne se fera plus de confidences d'amours impossibles, cachés derrière notre paravent de la brasserie Wepler. Tu me disais d'être sur mes gardes, qu'il y avait danger à être un sentimental. Savais-tu à quel point tu comptais pour moi ? Avec qui maintenant vais-je évoquer la mémoire de notre ami Christian de La Mazière, la chevelure rousse et les déboires de ma mère ?

Pour toi, j'ai pleuré en direct au journal télévisé. Sans pudeur et sans honte. Je pleure encore des chansons, des photos grandes ou petites, une carte postale noir et blanc dédicacée de ta main reçue à l'orphelinat un matin de Noël. Je pleure désormais en m'adressant à toi devant ta nouvelle adresse.

Une colère monte en moi, comme une lave. Une colère intérieure, grondante.

« Dali, c'est moi, Hervé, ton filleul, tu m'entends ? Alors, on est fâchés ? Je m'en veux de ne pas avoir été là. Mes lèvres sont gonflées et ma mâchoire douloureusement serrée, il me prend une envie d'insulter le passé. À quatorze ans, je dormais ici, je me baladais entre les tombes. Le savais-tu, ça ? Non, tu l'ignorais. Je te renvoie les vingt-quatre mille baisers que tu m'avais déposés sur la photo glacée. Accepte ce camélia de mes mains tremblantes. Et reste étendue dans ton caveau, drapée de tissus d'or ! Reine d'Orient, les chats du cimetière veilleront sur toi. J'ai… J'ai… et puis, merde. Rien ! »

Le sourire de la morte s'élargit.

« Mais qu'est-ce que tu croyais devenir comme ça, le grand Hervé ? »

Elle a mis mes atermoiements sur le compte d'une blague. Elle aimait rire.

On se bouscule précipitamment autour du tombeau ouvert. Les gémissements redoublent de pesanteur. Ça applaudit, ça trépigne sur les tombes, ça crépite de paparazzis, ça chuchote bruyamment.

« Je me demande si elle l'a vraiment fait exprès.

— Pas sûr… Elle était si belle pourtant. »

Déambuler sans but par le pont Caulaincourt. Sous un soleil pâle de mai, ma joie de vivre fout le camp. Je cours prendre un dessert à la brasserie Wepler.

La fouetteuse d'émirs. Belle Parisienne à l'accent alsacien. Elle s'appelle Josette. Elle exècre son prénom. Je l'ai rebaptisée Cécilia. La putain de luxe se promène en sac Vuitton et œuvre à l'occasion pour madame Claude. La curiosité de ceux qui l'interpellent sur son mode de vie l'exaspère.

Elle jouit sans entraves. La blonde console ma mélancolie. Cécilia est la maîtresse d'un grand directeur de la finance. Il vient prendre sa main une fois par semaine. Le lundi, de préférence. S'il débarque quand je traîne dans les parages, je m'éclipse vite par l'escalier de secours.

À deux heures du matin, ma copine soupe au champagne dans un cadre cossu de l'avenue Montaigne. Le potage aux lentilles est tiède. Je suis son idole. À l'étage du dessus, Marlene Dietrich passe l'aspirateur. Cécilia se lève pour jeter un œil de l'autre côté de l'avenue. Son point de mire est l'hôtel Plaza Athénée. Elle détecte au bar un client désireux de se soumettre. La fouetteuse peaufine son « enveloppe budgétaire ».

« Imagine, idole chérie, à l'heure qu'il est ma bigote de mère, aussi sèche que ses coups de trique, tricote sa dentelle, ou elle s'accroche à l'harmonium de son église. »

Cécilia martèle. La figure maternelle est toujours la cible.

« Je déteste Schubert, l'éducation, les bonnes manières... Je hais ma mère ! Elle ne m'aime pas non plus. Et puis, quel sale modèle de vertu, celle-là. J'aurai quand même passé la moitié de mon adolescence dans le lit de mon père avec sa bénédiction ! »

Cécilia s'est intégralement dénudée devant moi. Elle s'évade prendre son bain aux huiles de Guerlain en dodelinant de la tête. Elle est suffisamment compatissante et intelligente pour se mettre à ma place. Elle est la seule à qui j'aurais pu confier les raisons que j'avais de ne jamais retourner chanter à Mexico.

« Reste, idole chérie. Je ne te demanderai pas d'argent. Reste, je t'en prie ! »

Cécilia caresse ses petits seins en même temps que nous glissons dans la chambre des voluptés japonaises. Elle n'est pas désagréable, cette oisiveté, elle engendre les qualités les plus supportables. Savoir que je me tape des mecs l'excite. « Gorge chaude » me veut habile. Je me laisse violer. Il y a toujours chez elle une grimace de plaisir quand elle m'entend jouir en compagnie du diable au corps. Rien de complexe : il lui suffit juste d'ouvrir ma braguette.

« Suce ma pine qui ne sert jamais ! »

Je ne suis pas poli au moment que le corps ordonne d'exulter. Je me sens vraiment exister. Aucune importance si le climat charnel disparaît une fois l'acte accompli. Moi pour l'hygiène, elle pour le bien-être du devoir. Les draps respirent la même fraîcheur Guerlain. Entre nous, une habitude de s'endormir enlacés. Nos potins supplantent les silences. Ses mains agiles glissent dans mon cou. Elle connaît mes blessures, je connais les siennes. De sa part, je compte sur un gentil revers, quelques paroles cocasses.

« Vise un peu du côté du bar du Plaza Athénée, idole chérie ! »

Cécilia enfile expressément sa perruque rousse, dépose un zeste de Shalimar ainsi que deux rangs de perles sur la finesse de son cou.

« Je vais y faire un saut de puce. Ma proie m'invite au voyage exotique, je vais l'inciter à participer à une excursion orgasmique pour la modeste somme de cinq mille francs. Attends-moi, je reviens te les déposer sur le guéridon dans une heure, idole chérie ! »

Elle n'a pas menti sur la durée et m'entraîne au Mouton Rothschild dans un restaurant de poissons. En public, notre langage aux images crues a le mérite de cultiver le voisinage incrédule.

Cécilia insiste pour que j'adopte le comportement du gigolo proxénète. Je me plie à nous amuser.

« Cécilia chérie, s'il n'en revenait qu'à moi, l'homme devrait s'en tenir à respecter le prix de l'effort demandé aux femmes !

— Je dois vieillir, idole chérie ! Dis-moi, connais-tu un certain Radiguet ? Il paraît qu'il travaille à la télévision. Dans le show-biz, celui-là, n'est-ce pas ?

— Oui, je le connais un peu.

— Alors tu diras à ce Radiguet que c'est une pince !

— Pourquoi me dis-tu cela, Cécilia ?

— Parce que ce Radiguet-là, il m'a enculée en me laissant seulement cinq cents francs. Moche, terriblement moche, idole chérie ! »

Le *Mermoz* tangue sur la mer Noire. « *Arrêtons les canons/Nous voulons de l'amour/La victoire n'est pour personne/Mais qu'y a-t-il dans le cœur des hommes.* » J'ai beau chanter ça tous les soirs, je passe souvent à côté de ma ritournelle. Le caviar servi à la louche au dîner m'encombre l'estomac.

Les remous du courant s'étirent en méandres argentés. Lors du finale, l'orchestre tzigane chavire entre les tables, en scène les Blues Girls entremêlent leurs interminables jambes face à des spectateurs nauséeux. Bascule soudaine en danse des canards le long de la coursive extérieure du bateau. Un groupe de croisiéristes ivres remue du coude et esquisse des battements de mains désordonnés. Leur élan est freiné par des allers-retours pour vomir l'osso-buco du midi. Des femmes aux rondeurs généreuses avalent l'air marin et rejoignent difficilement à l'autre bord les maris en caleçon. Météo tumultueuse. Le feu allume le bas du ciel.

La mer colérique se précipite sur le pont. J'ai avalé de l'eau salée, expulsé mes boyaux. Je me cramponne au bastingage.

« Nous venons de Cherbourg, la tempête, ça nous connaît. Vous ne vous sentez pas bien ? Dites-moi, vous rechantez quand ?

— Il est probable que ce soit l'abus de vin sicilien. Je crois, cher monsieur, que je vais déchanter encore un peu.

— Et à part chanter, vous faites quoi dans la vie ?

— Je m'emmerde ! »

Je vais rester prostré sur le pont à contempler cette mer déchaînée ? Physiquement, je ne suis jamais seul. Les regards moqueurs de vacanciers maritimes bienheureux me tiennent compagnie. Au creux de mon estomac, une tenace chaleur. Ne jamais trop boire de liquides sur un bateau. Wazar, le commandant de l'orchestre tzigane, me prodigue son précieux conseil. Le beau vieux Rom à la moustache drue navigue depuis quatre décennies de croisière en croisière. Des virées en famille et sur toutes les mers du globe.

Dans les rues d'Odessa, le jour d'après, les musiciens nomades sont en liesse de m'y voir comme dans une fête immobile. Ensemble, nous remontons les marches ensanglantées de la révolution d'Octobre. Je détaille sans mesurer ma chance les privilèges obtenus grâce à mon statut de vedette. Eux me confessent le concert désastreux d'hier soir, la bière payée au bar au même prix gonflé que celui des clients. Wazar n'use pas de la plainte.

« Prenons la vie par le cœur ! Nous, les errants, on ne va pas passer pour ce qu'on n'est pas, on n'est seulement bons qu'à manger le reste de la bouffe des croisiéristes et à loger dans les cales avec les Philippins et les Éthiopiens. La nuit, on ne compte plus les rats, aussi gros que des lapins, qui nous passent dessus. »

La canne de son frère a dévalé l'escalier pour s'échouer aux pieds d'un cousin. Wazar essuie d'un doigt son front ruisselant. Sa voix se brise avant de rattraper des graves. Il m'annonce qu'il n'avait pas encore quinze ans lors de son échappée d'un camp de Pologne.

« C'était au cours des derniers jours de la guerre mondiale. Ils ont déblayé le terrain, les monstres ! Nous, les jeunes, nous les avons regardés fusiller nos parents, nos oncles et nos tantes. Oui, regardés, sans riposter ! L'homme est créé pour être heureux. Si le plaisir régnait ici-bas sans ambiguïté et malédiction, il n'y aurait sur terre ni haine ni violence. »

Rarement ai-je épinglé un sourire aussi accueillant que celui de Wazar. Mais son visage garde les stigmates de son témoignage horrifié.

« Au camp de Coldtiz, je dormais sur le tas de merde de mes cousins. Que de sang écoulé dans nos mémoires de métèques ! Tu sais, mon chanteur, j'ai volé tout ce qui pouvait nous être utile, l'argent, des quantités de cartes régionales, la nourriture des miens. Il m'est même arrivé de troquer une dinde contre des cigarettes ! »

Une intonation stridente interrompt son récit.

« Mesdames, messieurs, veuillez bien me suivre et jetons un œil sur Saint-Nicolas. »

La guide est glauque. Wazar est blême. La rugosité de sa voix se hisse dans la nef d'or de l'église en ruine. Elle me provoque des sifflements dans les oreilles, équivalents à un tissu de soie que l'on déchire. Ses mots tremblants claquent sur les vitraux.

« Je suis vivant ! Mes vieux auront couvert ma fuite avant d'être fusillés. C'est à lui que j'en veux ! »

Son index a désigné le ciel. Il verse une larme au moment de s'agenouiller dans la nef.

« La prière n'est qu'un acte faussé avec le peu que Dieu nous donne. Nous restons un peuple exclu du monde. »

Ce voyage supplémentaire où l'on se raconte sans frein peuple mes souvenirs déjà encombrés. La croisière se termine. Il neige à Venise. J'ai pris Wazar dans mes bras. Sur la passerelle du *Mermoz*, les musiciens se succèdent pour me dire au revoir. Chacun dépose au creux de mes mains un petit fossile ramassé à Palmyre et enfermé dans une mini-poupée russe. Je perçois l'encre délavée des chiffres de leur matricule gravés sur leurs poignets. Ils se saisissent de leurs instruments. Les violons, les clarinettes et l'accordéon étreignent ma chanson pacifique. « *Arrêtons les canons/Nous voulons de l'amour/ La victoire n'est pour personne/Mais qu'y a-t-il dans le cœur des hommes.* » Je perds l'usage de la parole.

J'ai somnolé sur le canapé. Je m'ébroue. « Mort de l'abbé Angrand. En ce jour de l'Ascension, c'est comme un appel. » C'est écrit sur le télégramme. Personne n'a signé.

« Si tu m'appelles encore monsieur le curé, je t'en retourne une forte ! me disait-il. Appelle-moi Anthony ! » J'ai couru.

Sa présence éternelle m'offre une prière muette. En s'adressant à moi, l'abbé Angrand ajustait toujours discrètement les boutons de sa soutane. Je m'étais pourtant inquiété de sa santé dégradée. Il ne digérait plus. Même sa verveine. Une vilaine gastro, selon la mère supérieure du couvent d'Issoudun. La vie devrait s'entamer par la vieillesse et se finir par la beauté du papillon. Je vois l'infinité du vide.

Pas de bousculade pour ramener la dépouille dans le village de La Celette. Seul Maurice, mon camarade enfant de chœur d'autrefois, s'est désigné pour cette mission. Tracas administratifs compris.

La campagne berrichonne a plusieurs visages. Un jour, elle emprunte celui de la Toscane, un autre celui d'une île bretonne. L'évêque de Bourges se fait attendre. Le temps est enveloppé dans une douce monotonie. Ce bled sauvegarde la désagréable odeur de fumier pourri. Des grappes d'hirondelles effleurent le vent. Mon costume pied-de-poule m'insupporte. Au café, les mémoires exécutent l'échange de banalités.

« Il nous aura bien mariés, ce brave homme...

— Bin dame ! Il sera parti, et sans la fièvre ! »

Cinq vaches blanches ont traversé la route. Les gendarmes rappliquent au bourg. Le maire présage l'arrivée d'autres élus et se fraye un passage. À l'aune des autographes qu'on me réclame, il a mésestimé la gratitude et l'affection de chacun à l'égard de l'abbé. Au coin, j'entrevois ma famille de Thénardier. Discrète parmi les curieux. Sous le coup de treize heures, c'est un tumulte doublé de déchaînement. Je m'agace au milieu des admirateurs de Danièle Gilbert.

« Si vous voyez Johnny, dites-lui bonjour de la part d'une paysanne. »

On ne me considère pas comme un être normal. J'aimerais être là en anonyme. Sur des kilomètres de tournants, les voitures inondent le bord des fossés et dissimulent les plaines jaunies de colza en fleur. L'église est adorable, à la limite de sa capacité. Mes mains se rendent curieusement maladroites. Deux de ses lointains cousins, belges, adoptent un air sérieux. Dans leur sourire se dissimule un brin de goguenardise.

« C'est donc vous, l'ami chanteur. Sauriez-vous nous dire la vie de notre cousin ? Il paraît qu'elle était trépidante. Ça alors ! Il y a un monde fou. Mais enfin, qui sont toutes ces bonnes gens ?

— Il fut celui qui m'a aimé le plus et le mieux compris. »

Dans ma tête fait écho la voix de l'abbé. Cette voix qui brouillait les petitesses et épousait l'absolu.

Derrière son lorgnon, le baron d'Aligny me jette un œil de conspirateur.

« Le télégramme provenait de moi, je n'étais pas exactement certain de votre adresse, cher ami. C'est bien que vous soyez venu. Et en vedette... Ha ha ha ! Notre bon curé était infatigable, il est déjà au paradis. Nous n'en doutons pas, mon cher ! »

Au bord de la route, un garçonnet au manteau capuchon rouge joue avec des cailloux. Devant l'ampleur prise par la cérémonie, ses yeux s'effraient. Il recule. À peine le pied à terre, l'évêque bénit l'assemblée. À l'entrée de l'église, une armée de regards se braque sur moi.

La comtesse de Beuvron me glisse dans l'oreille :

« Chère âme seule, tout le pays vous est dévoué depuis votre "Avis de recherche" à la télévision. »

Le cercueil est orné d'une simple croix. Je m'en approche. Il me faut apprivoiser le jeu naturellement, comme le fils. Mon esprit se débarrasse du long cortège posté dans mon dos. Arrivent les discours.

« Pour nous les paysans, il aura été un éveilleur incomparable.

— Il fut l'excitateur, un motif à vivre et à travailler. »

L'assistance s'abandonne aux paroles de l'homélie de l'évêque.

« Ses commandements étaient à égalité avec les commandements de Dieu. »

Il jette l'eau bénite, disperse l'encens. Je reçois le sermon du patriarche. Je convoque l'enfant. Celui de l'école communale et dont la mère passait dans cette église sans la possibilité de l'embrasser.

Dans l'allée des buissons menant au cimetière, Dieu saute d'un nuage à l'autre. L'abbé aura contribué à ma popularité auprès d'un grande nombre de croyants ou non-croyants.

J'ai cette même certitude en me revoyant dénicher à foison les nids de roitelets. Des nids tissés de paille, de laine et de crins que l'oiseau avaient suspendus aux branches d'aubépine. Devrais-je voir là réminiscences ou autres résurgences de mes immémoriales vies antérieures ? Le cercueil est déposé en terre. Les femmes pleurent lentement par soubresauts.

Sur la dalle en granit, l'inscription du nom de sa mère, Eugénie Angrand. Sans épitaphe ni date. Les yeux de l'enfant au capuchon rouge s'adoucissent. La mort n'est rien. Elle m'encourage à entreprendre un tas de choses. Je plonge dans un fou rire. La souvenance de l'accident qu'Anthony avait provoqué sur la voie ferrée du Paris/Clermont-Ferrand. Il lisait son missel d'une main, l'autre tenait le volant. Le train avait traîné la 2 CV sur trois cents mètres et l'avait radicalement brisée de moitié. L'abbé était sorti indemne, le missel à la main. Miracle, avaient-ils tous crié. Miracle régional.

Causeries de comptoir. Les gens vivent dans la fatigue.

« Vous voyez, personne ne vous a mordu. Je suis ravi de vous connaître et en vrai. »

Au ton narquois du maire, je réplique en levant le menton.

« Ah, vous fumez ? »

Ce ballet familier m'exténue. À question ordinaire, le silence.

« C'est moi, la Marie ! La Marie Bailly, tu te souviens bin de moé ? Tu m'en as fait tellement voir quand t'étais p'tit'. Et pis joue point donc les bourgeois maintenant qu't'es célèbre ! »

Embrassades à quatre reprises. À l'ancienne mode. Le baron ne congratule que les jeunes femmes. Je m'en retourne retrouver ma voiture garée sur la colline jaune. La solitude, une folie. Qui pour partager mon existence ? Qui de sur mesure ? Quel extravagant ? Quel idiot me sera complémentaire ?

Le soir descend. Le chant des rainettes s'accouple avec la nuit. Je l'entends encore me le dire sans relâche.

« J'ai lu, ça simplifie la vie. J'ai foi en toi, mon cher petit René. Ai-je bien accompli tout ce qui était en mon pouvoir ? Ai-je donné tout ce que je possédais ? »

Ma théorie sur l'abbé Angrand relève d'un précepte paysan : il aura bien fait son travail.

On vient d'abandonner Gainsbourg au bar du Don Camillo. Ivre mort. Le gin me fracasse. J'ai mal au crâne. D'une main, je rattrape le césar de Philippe Léotard avant qu'il ne s'échoue dans la Seine. Lui ne s'aperçoit de rien. Bézu et ses potes fêtards sont galvanisés par les vapeurs méphitiques. Ils grisonnent. Je me laisse dévoyer chez Castel. Virée atemporelle, encore une. Bézu et Coluche jouent à se traiter de mauvais acteurs. Ils parlent à volume élevé et se terminent d'un baiser sur le front. Claude Brasseur tente de porter Nougaro sur son dos pour arriver jusqu'à chez moi. Qu'attend-elle de moi, cette bande de mecs ?

« Mais… rien d'autre que ta compagnie et ton bon cœur. »

Aveu de Léotard, accroupi devant ma porte. Il tient une canette vide. Il me réclame une autre bière.

Au lever du jour, j'entretiens les contours de mon instable double vie. L'appartement de l'Avenue Pierre-1er-de-Serbie sert de refuge autant que de salle d'attente aux amis. Les œuvres de peintres estimés couvrent mes murs. Aucun portrait de moi. Cette éclipse narcissique chagrine toujours Ludmila. Au bas des étagères, les CD étiquetés par Jo ambiancent les soirs d'ennui. Le piano quart de queue trône au milieu du salon. Mon Bechstein, c'est le seul bien matériel auquel je suis véritablement attaché. Je lis régulièrement dans le coin du canapé en cuir. Un bienfait idéal pour nerfs malades. J'ai le sentiment de n'être qu'une plaisanterie écorchée. Un immense paradoxe aussi. Je refuse l'invasion d'esprits maléfiques comme d'avaler les tranquillisants prescrits. Combien de temps vais-je crever de ne pas avoir d'enfant ? Je me tais. Ni étalement au grand jour de mes joies et de mes drames. Ni réinvention de ma vie privée afin de nourrir les affamés de gazettes sucrées-salées. Les faux mariages, les faux cancers, je laisse ça aux professionnels. Il n'y aura pas non plus de Lamborghini dans mon garage. La luxure n'a jamais semé de belles inspirations. Hors de question d'aller à contre-courant de mon tempérament. Ces astuces aguichantes auraient pu me faire monter au box-office. Je rejette la gloire de star, maladie divine qui répand le mensonge. Mon abdication est solennelle. Un excès de lumière à diffusion poudre aux yeux serait un passeport pour les ténèbres.

Sur scène, je me livre à défaut de me révéler.

Rien d'autre qu'un chanteur très respectable, propre sur lui. Vivace. Rien d'autre que l'énergie de préserver cette place-là. Ma place. L'homme cueille ce qu'il sème. Si je tombe, pas un imprésario ne me relèvera. Nu devant la glace, je me regarde. Longtemps. Je viens d'avoir quarante ans. L'inspection de mon corps joue les prolongations. Je ne me reconnais pas vraiment. Personne à attendre. J'enfile un peignoir. Je déteste ces moments qui annoncent une blanche atonie.

Marina termine de dépoussiérer mon intérieur. Elle me dit qu'il faut varier mes lectures, ne pas se cantonner à du triste. Elle me dit aussi de protéger ma voix et de sourire davantage. Mais je souris ! Elle a plissé les yeux en mettant son manteau.

Esquisser un bout de conversation frivole avec Bernadette Lafont au téléphone. L'abandonner pour écouter Nicoletta causer spontanément comme l'eau coule. Elle me dit tout. Le privilège de la sœur. Elle vient régulièrement m'embrasser l'après-midi. Elle tient son devoir de famille. Elle sait ma peine de père.

Chez moi, je donne des cocktails qui étourdissent riches et gueux. Suis-je pris en flagrant délit de grandeur ? On s'incline devant mon physique princier et mes chansons populaires joliment ciselées. On se presse même au 25 avenue Pierre-1er pour les entendre.

« Fait beau, fait chaud, fait soif ! Dis-moi, tu as vendu combien de milliers d'albums aujourd'hui ? »

Florilèges et palabres dictent la conduite d'une curieuse assistance. Des avides des beautés de l'art et de l'apéro prennent des airs pénétrés, font mine de se questionner devant du Fautrier, du Dürrbach, du Dado, du Falhström. L'un avec sa tronche de prof de maths assène que les toiles ne sont pas d'une grandeur identique. Ils sont parfaits dans leur posture mondaine.

« Au fait, un seul de ces tableaux, ça vaut combien ? »

Marina tend un plateau de navettes fourrées. C'est une fin d'après-midi de grisaille. Alain Pacadis s'approche de moi, mégot coincé aux lèvres et le cheveu filasse. Il n'a définitivement pas l'effort de l'hygiène. Le chroniqueur tout-terrain le plus redouté et apprécié met du fer dans son ironie. Il a une haute idée de mes faiblesses. Les invités en profitent.

« Vous constaterez que nous ne pouvons être dans l'intérieur d'une idole de la variété. L'art contemporain est réservé aux marchands du temple. On se croirait vraiment chez Daniel Cordier. Mais qui va s'en plaindre ? »

Ricanements au rythme des claquements de chaussures sur le parquet.

« Mes amis, Pacadis porte en lui l'excès. »

Coups de talons, coup d'œil. Marcel Carné a giflé François Recheinbach. Voix en sourdine.

Silence général. Le minet coupable de l'incident s'en va se réfugier dans ma chambre. Pour désamorcer la pesanteur ambiante, Lucien du Paradis latin lève haut sa coupe et s'exclame : « C'est ça, Paris ! »

J'énumère au peintre Dado la liste des chansons de Trenet que j'aurais aimé écrire. L'instant suivant, Sapritch, aux ordres de Bézu, me dévoile ses seins plats.

« Pour votre plaisir, clame la dame.

— Éternelle jeunesse », réplique Dado.

Autour de moi, tous ne me sont pas connus. Un garçon agite ses grands bras.

« Bonjour, je m'appelle Tristan.

— Que faites-vous dans la vie, cher Tristan ?

— Rien. »

Ludmila Tcherina s'interpose. Elle a encore la question inquiète.

« Mais où avez-vous donc mis Dubuffet et vos si nombreux disques d'or ?

— À la cave !

— Quel dommage ! Personne ne peut en profiter. »

Certaines réceptions ont une humeur chantante. Un soir, Maurice Vander et Christophe jouent à quatre mains *Les Paradis perdus*. Puis Véronique Sanson reprend possession du piano, son fidèle allié. Son jeu détruit le vacarme de la pluie. Bernadette, Nicole et moi chantons à tue-tête *À la Bastille on aime bien Lili peau de chien…* Mon voisin du dessus, Akram Auger, est descendu de sa terrasse. Le marchand d'armes assure vouloir nous engager tous les trois au Liban. L'orage s'est calmé. Rassemblement de ce petit monde pour le départ. Je devrais m'effondrer. Au crépuscule, je n'ai pas sommeil.

*

Georges et Jo sont mes loyaux compagnons nocturnes. Ensemble, on confesse nos rancœurs sur nos amours bipolaires. Il y a des hurlements sourds. Jamais de tragédie. Mon travail m'interdit d'être faible.

Jo a déposé dans un vase des œillets de poète. Il débarque de Pantin où, chaque soir, il vend des programmes du spectacle de la chanteuse Barbara sous un chapiteau assiégé par les cris d'amour de la jeunesse. Jo n'a jamais de pièces dans ses poches. Il est de nulle part. Je l'accueille chez moi une semaine sur deux. Il m'aime en silence. Je reste en retrait de sa souffrance. Jo a plusieurs fois pleuré à larmes étouffées à la suite d'un mot assassin de ma part. Aux environs de minuit, Axel débarque au bras de Jean-Claude. Le commis boucher de la rue de la Trémoille et l'épicier du président de la République ont apporté le rosbeef. Axel se plaît à remplir les verres à ras bord de vodka-cerise. Personne ne relève ses inflexions familières à l'égard des artistes.

« Ce soir, j'ai vu le spectacle de France. La naine a fait un triomphe. Moi, je me suis fait chier ! Elton...

— De qui parles-tu ? coupe Jo.

— La femme de Berger, voyons ! Je suis allé la voir au théâtre des Champs. Elton et Clerc étaient dans la salle. Et ce gros faux-cul de Macias aussi. Je lui mettrais bien des tartes, à celui-là ! »

Un chaton a foncé entre les cuisses de Georges. Cécilia entre dans la pièce enfumée.

« Oh, le joli petit bébé ! »

La fouetteuse d'émirs me saute au cou et transmet son enjouement communicatif. La délivrance s'installe. Axel recentre ses babillardes autour de mon sujet.

« Sais-tu ce qu'on raconte sur toi, l'idole... dans ton dos et jusque dans ma boutique ? Eh ben, on m'a dit, on m'a dit... Je te le dis ou pas ?

— Envoie, vas-y !

— On dit, on m'a dit que...

— Bon, accouche !

— On dit que tu es un bâtard de droite et... un branleur de vieilles pédales. Ha ha ! »

La salive lui coule sur le menton. Le bougre insiste sans ménagement.

« Vilard et sa tignasse de gonzesse. C'est comme ça qu'on parle de toi dans ma banlieue. Parole de boucher ! »

Je maquille mon trouble. Rictus de circonstance. Cécilia s'emballe et adopte un vocabulaire de professionnelle. La caresse découle de l'insulte.

« Tais-toi donc, bourreau, petite bite de boucher ! »

Je ne fais rien sentir de ma vulnérabilité. Comment s'arranger avec l'image que je renvoie ? Mieux vaut opter pour la diversion que de s'embourber dans un plaidoyer sans fin.

« Je possède un chèque signé de la main de Marlene Dietrich. Savais-tu que je l'ai échangé à ta patronne contre de l'argent liquide, Axel ?

— Tu parles de Belphégor, cachée derrière sa voilette ? La vieille vient chercher son pot-au-feu chaque mardi. Elle ne dit ni bonjour ni merci. »

Cécilia ne le regarde pas. Elle lui tourne le dos. Et s'offusque, lapidaire :

« La viande que tu nous fais manger est certes délicieuse, petite bite, mais évite devant moi de parler comme ça de mon idole chérie et de la grande Marlene. »

L'épicier ne bronche pas. Impassible, détaché, lunaire. La cendre de ses cigarettes a déjà atterri à plusieurs reprises sur ma moquette. Il ne fume que des moitiés. Des gémissements proviennent de l'étage du dessus. Akram Auger partouze. Cécilia s'offusque à nouveau.

« Je ne suis pas partageuse. Je fouette immédiatement ! »

Mes lèvres ont un dessin féminin. Je colle ma bouche contre le miroir. Les longs doigts de Georges font tournoyer les clés de sa Mercedes. Cet imitateur obstiné, fanatique de toute vérité, n'a jamais transformé l'essai vers la célébrité. Il se contente de passer d'un cabaret à l'autre pour un cachet dérisoire. La prestance de sa silhouette effrontée renforce son amertume.

« Toi et moi, nous avons quarante ans passés. Nous n'avons plus l'excuse de nous émouvoir de ne pas avoir connu notre père. Il y a désormais prescription ! J'en ai plein le cul d'être homo et, à mon âge, je vis toujours chez ma mère. Mes rencontres demeurent fugitives, trop de sexe. Nous ne sommes que de pauvres créatures. Et l'amour, dans tout ça ? »

Il est tard. Jo arrose la plante verte qui attaque le plafond laqué. La confusion troublée continue d'impulser sa loi. Trois homos esseulés et atteints d'un syndrome de lassitude. Je pourrais atténuer le sérieux de la comédie de Georges. Inutile de chercher à comprendre la sinistrose des copains.

« Je mesure la chance et la malchance d'avoir réussi très jeune. Il m'arrive encore de chanter hardiment la sueur au corps et les yeux rivés sur la cuisse d'un de mes guitaristes. »

Jo se redresse, retient les rebords de son peignoir pour que celui-ci ne s'ouvre pas. Il fredonne, désinvolte, une de mes chansons inconnues. *L'Amour défendu*. Il est intarissable au sujet de mon répertoire. Alors qu'il mouille des sourcils fournis, Jo se met à causer Barbara.

« Il faut la voir un voile dans l'œil et l'entendre étendue dans un rocking-chair. Un aigle avec un boa en plumes. Superbe, elle est superbe ! »

Fréquenter les artistes, Jo ne peut s'en passer. À la moindre de leur évocation, il se projette. En scène, c'est lui.

« Johnny déprime. La tournée ne marche pas comme elle devrait marcher. Il bringue trop et change de femme comme de bagnole. C'est ça qui le coule, notre grand blond ! »

Je déambule en espadrilles dans la pièce. Jo vit par procuration les enthousiasmes et les douleurs d'autrui. Il n'attend nul retour de son dévouement et se tient à distance du réel au risque de broyer sa capacité à être fantasmé.

Que viendraient-ils faire chez moi s'ils ne cherchaient pas une écoute, une oreille ? Georges a sorti de son porte-cartes la photo d'une femme au visage buriné. Il détaille, imperturbable :

« C'est ma grand-mère Jeanne à seize ans. La mère de mon père, quoi ! »

La photo fripée autorise à distinguer le visage creusé de la Bigoudène avec sa haute coiffe de dentelles sur la tête. Georges raconte que, jeune fille, elle a débarqué avec son baluchon gare Montparnasse, qu'elle a sévi en tant que bonne chez de grands notables, qu'elle a été chassée une fois mère et qu'elle a été contrainte de gagner un bordel sur le quai Notre-Dame.

Certes, j'ai l'ignorance de mon arbre généalogique, mais j'ai la certitude que Georges est le portrait craché de sa grand-mère.

« Tu déconnes, elle ressemble plutôt à Joan Crawford, et mon père, lui, c'était Gary Cooper. Tu es allé entendre Le Luron au théâtre du Gymnase ? Quand il parle du vieux et de son labrador. Mitterrand en prend plein la tronche. Mais Le Luron pourrait faire beaucoup mieux ! »

La netteté tranchante des avis de Georges se veut coutumière. J'achève mon second paquet quotidien de Rothmans. Jo cuisine le gratin de pommes de terre en béchamel qui accompagnera le rosbeef de deux heures du matin. Cécilia n'a aucune expression. Elle a foutu, entre-temps, Axel à la porte. Elle se frotte sur moi.

« *Étienne, Étienne, Étienne, oh tiens-le bien !* Idole chérie, écoute chanter ta putain alsacienne ! »

Je n'ai trouvé que des avantages dans la disponibilité des hommes. Pour des courses en nocturne, je me dépêche de retrouver Georges à l'hippodrome de Longchamp. Je suis à la bourre. La porte à tambour de l'entrée s'est arrêtée net. De l'autre côté du plexiglas, un brun moustachu aux yeux gris me sourit avec insistance. Beau comme un orage.

« Mais je vous connais. N'êtes-vous pas un ami de Lucien ?

— Qui est Lucien ? Sortez-moi de là surtout ! »

J'ai habitude de paniquer en cas de confinement immobile.

« Lucien de l'Alcazar, pardon. Nous sommes du même village. »

Ses paroles sont assourdies par la vitre qui nous sépare. Sa gestuelle fiévreuse me fait une profonde impression. Je ne suis déjà plus sur mes gardes. Le tourniquet reprend sa danse circulaire. Il m'adresse une franche poignée de main. Il dit : « C'est le plus beau jour de ma vie. »

Le brun s'appelle Antonio. Il vit seul. Italien d'éducation. Intrépide. Je le vois. C'est simple. Je dis docteur. Lui, « mon mignon ». Je fais plus jeune qu'Antonio malgré mon avance sur la ligne de départ.

On a abandonné Georges. Antonio et moi déambulons dans les rues de Paris. Mes amis me surprennent avec un beau mec austère. Très rapidement j'ai déserté mon appartement pour m'animer dans le sien, rue de Ponthieu. Marina prie pour mon retour. Je ne veux que lui. Le danger de la témérité de cette union. L'amour, c'est violent lorsqu'il repose sur du velours. Je fonce. Prêt à renverser les tiroirs du souvenir.

Antonio vénère Mozart, Mahler, Piaf, Céline, Rostropovitch. Et son sexe.

Dans sa chambre, les chaises encombrées de piles de disques et de livres invitent à se déployer plus rapidement sur le lit à baldaquin. Auprès de lui, pas de prohibition sentimentale et sensuelle. Je m'extasie de son corps volcan. Je vais lui offrir tout ce qu'il me reste de désir. Le vouloir me rend paresseux. Et je redécouvre la douceur du sommeil complice. Elle m'enchante, cette trêve de la solitude.

« La grande affaire en ce monde, ce n'est pas de le conquérir, mais de le comprendre. »

Antonio ne laissait aucune question posée sans réponse. Durant quatre mois, la lisibilité de ses idées aura réveillé mes matins. Des mots tango. D'autres plus savants. Puis nous avons embarqué à Marseille pour le golfe de Naples. Débarqué à Capri, il avait réservé pour nous la villa la plus élevée et retirée de l'île.

« Je veux y connaître l'abandon avec toi. »

Au sommet des rochers tombant à pic, le flux et le reflux de la mer avalent les essences de citron. La clarté de la lune envoie valser mes inquiétudes. Ne rien organiser. Se laisser dompter par l'imprévu. Je l'ai suivi avec pour seule préoccupation de me noyer dans le bleu turquoise.

Au retour à Paris, les offrandes d'Antonio sont devenues moins accueillantes. L'ombre avait pâli comme un vitrail cassé. J'ai repris les affaires courantes de mes activités. Il a commencé à prendre conscience de ma popularité. J'étais fasciné par sa profession. Il méprisait la mienne.

« Je me demande parfois si tu n'as pas raté une belle vocation pour un autre art. Majeur, peut-être, celui-là ! »

Dans son sourire se dévoilait du soupçon. J'ai tenté de le rassurer sur les étrangetés de mon métier. Partager son existence et chanter n'étaient pas incompatibles. J'essuyais des revers brutaux à chaque tentative d'éclaircissement. Son intransigeance incitait à la démission.

« Tu es un gamin. Il va falloir choisir. C'est ton métier ou moi !

— Adieu, Antonio. »

Je l'ai quitté comme je l'ai aimé. En apnée. Départ forcé.

Les pieds dans les flaques, j'ai couru sur l'avenue Victor-Hugo. Affolé et égaré. L'âme d'Antonio s'effondre sur le pavé mouillé. Je suis aspergé de flotte lorsque mes bras s'agrippent à un platane. Pourquoi je m'en veux tellement ? Les passants ne sont pas fautifs.

Marina est ravie. Retour à mon obstination à ne pas céder aux desidérata des uns et des autres. Je ne vais donc pas me produire dans ces nouveaux Zénith étouffants. À quoi bon écrire des lignes simples pour ensuite aller les gueuler dans ces salles où il n'y a que des avantages pour un public de collectivités d'entreprises ? Je préfère continuer à transpirer deux heures sous la toile basse des chapiteaux. Ici et là, il s'entend dire que je suis désagréable. Pourquoi pas. Personne ne m'entend prononcer la formule vulgaire et fausse de « mon public ». Mon public, c'est aussi celui de Michel Sardou ou d'Herbert Léonard. Il est trop infidèle pour offrir l'exclusivité. Il faut apprendre à le partager fréquemment comme à le laisser vous confondre avec Alain Chamfort.

*

Prosper a une fâcheuse tendance à nous visiter au moment du passage à table. Il n'est pas dans mes intimes, cet empâté à la barbe en collier. On dit de lui qu'il a le coup de canif facile. Par soubresauts, le monsieur à la calvitie naissante déroule devant nous la liste de ses exploits fictifs. Son carnet d'adresses s'oriente du côté du Paris pétillant et des as du hit-parade. Sa voix étrangement éraillée est incommodante. Elle ordonne de changer la musique. Il veut Sardou, seul chanteur fréquentable à ses yeux. Georges lui a glissé un billet de cinq cents francs dans la poche droite du pantalon. Le dealer ne tarde pas à dégainer le petit sachet transparent et étale la coke sur le marbre de ma commode. Ses mains ont la tremblote. La malédiction se trouve dans ses doigts. Le billet roulé de cinq cents sert de paille.

« Tiens, explose-toi la tête !

— Non merci, cela ne me dit plus rien et ça me coupe la faim. Et puis, j'en ai pris de la meilleure lorsque j'étais prince des arènes en Colombie. Ta came a une odeur d'éther. »

Du fond de mon fauteuil, je distribue éloges et blâmes au gré des mes sautes d'humeur. La poudre a ralenti le mouvement de fourchette de mes copains en pleine défonce. La chaleur passe ici plutôt par le dévergondage ou la hâblerie. Brocarder les artistes de renom est aussi le passe-temps favori du dealer. Il déclenche le ridicule et l'insère dans son bon plaisir. Même mes ennuis l'exaltent. Prosper promet de les endiguer.

« Où en es-tu avec ces vieux cons de Carpentier ? Cette fois-ci, je me les coupe s'ils ne t'offrent pas un show avec le tube incontestable de *Méditerranéenne*. Tu possèdes la maîtrise des stars. On pourrait les convaincre de te fourguer un samedi. Par exemple, en les attendant un soir dans leur garage. Dis-moi, hein, c'est quand tu veux ! »

Les copains se gaussent. Je désamorce.

« Laisse tomber la neige, Prosper. Ne t'inquiète pas pour moi. »

Le marchand de paradis artificiels me sacralise avec roublardise. Cécilia repousse une ligne avant de rembarrer ce mytho engoncé dans son costume trois pièces. Il reste un demi-gramme sur le marbre. Jo s'arrache la narine gauche, Georges a soufflé au lieu d'aspirer. La blanche se consume en poussière sur le sol.

Prosper claque la porte. Cécilia chantonne « *De toutes les matières, c'est la ouate que je préfère* ». Je me décrispe.

Au petit matin, les cendriers débordent de mégots froids. Marina râle. Je suis attendu sur le plateau de Jacques Martin. Je n'ai pas d'envies. Ça fourmille, ça s'agite dans l'appartement. Des groupes qui n'ont rien à voir les uns avec les autres s'emparent des lieux. Les fanatiques du colt s'y sont amassés à une quinzaine ce jour-là. Flics et truands. Ils reviennent d'une séance de tir dans les grottes des anciennes champignonnières de Meudon. On s'y entraîne ensemble pour mieux se tirer dessus ensuite. Sur le palier, je demande de tomber le calibre au sol. Les vêtements ont l'odeur de la poudre.

Paulin, c'est mon genre de truand. Hétéro, veste tweed, pull cachemire, Ray-Ban et Weston. J'assume mon attrait pour sa gueule, son épaisseur et sa voix brisée qui absorbe les mots du cœur. Il a la capacité de fermer les yeux sur mes bouffées d'orgueil et mes phases d'euphorie. Le caïd, qui adore me mordiller l'oreille, a des relations assurées au commissariat de police de mon quartier.

« Moi, monsieur, j'ai fait l'Angola. »

Cette quinzaine de mecs vise la cible et trouve le carton lorsqu'elle ne hante pas milieux interlopes et salons huppés, ou ne foule pas la pelouse de Longchamp. Des hommes. Respectueux. Au cœur de pierre. Obséquieux aussi avec une pointe d'humour affilée. Chacun défend calmement les anicroches de sa rude activité. Les histoires se succèdent et on finit par afficher les lois de sa famille instaurées dans sa propre maison. Chez eux, j'ai cru déceler une forme d'absolu. La nouvelle génération ne diffère pas des précédentes.

« J'aimerais avoir une maison et vivre à la campagne. Je fais souvent l'amour, mais on n'en parle pas. »

Les pensées du grand blond bien charpenté sont hachées. Il croise le verre avec ses camarades. Reggiani tourne dans la chaîne hi-fi. « *Il suffirait de presque rien! Peut-être dix années de moins...* »

Paulin me quémande de l'anecdote.

« Les histoires de show-biz, ça distrait. Raconte-leur comment ce bouffon d'Alain Barrière t'a intenté un procès.

— Il cherchait surtout l'argent, c'est un multirécidiviste. Il m'a traîné au tribunal pour plagiat. Selon ce monsieur, la musique de *Rêveries* ressemblait à une de ses chansons qui s'appelle *Ma vie*. Barrière a perdu devant la cour. J'ai démontré que le chanteur breton à la teinture noire n'avait pas le talent de Schubert ou de Bach, deux compositeurs dont je me suis fortement inspiré. Comme lui d'ailleurs ! »

Paulin jubile. Il a un penchant pour les histoires d'affrontement.

« Fais part à mon ami corse des mésaventures du compositeur de *Ma gueule*. »

Un flic à la tête inclinée sort de son mutisme pour chicaner.

« Quoi ? Ma chanson préférée ? Celle du grand Johnny ? Ne me dis pas qu'ils l'ont dégommé, ce mec.

— Je connaissais bien Gégé, un pianiste qui jouait dans les bals et qui composait de bonnes chansons. Un jour, je l'ai présenté à Marie-Pierre, une amie éditrice de musique. Ils se sont tellement entendus qu'ils ont fini par vivre ensemble. La mélodie de *Ma gueule* a été retenue par Johnny. Elle a rapporté à Gégé gloire, argent et bien d'autres sollicitations professionnelles. Jusqu'à ce qu'un compositeur sans scrupule lui réclame un gros paquet de fric pour plagiat. Gégé a refusé, a perdu le procès, puis s'est pendu. »

L'adjudant bondit du fauteuil. Et se scandalise d'une voix blanche.

« Quelle bande de fumiers ! Comment tu t'en sors dans ce milieu pourri ? Tu as trouvé l'antidote ?

— Me crois-tu malade, poulet ? Au fond, si je suis malade, ce n'est que d'espoir. »

Paulin se marre bruyamment. Je développe, métaphorique :

« Je redoute les fins mensonges qui te sucent le sang et t'étouffent. Attention aux paroles flatteuses qui encrassent la tête dans les périodes fragiles. Les vautours et les déesses espiègles se suspendent toujours aux branches pourries. L'artiste est un arbre, il vit de son élégance. Si le lierre atteint la cime, l'arbre perd sa sève, s'écrase et meurt.

— Dis donc, t'es inspiré, mon Hervé. »

Paulin est mi-paumé, mi-convaincu.

« Et puis je repense bien sûr à lui… Tombé la tête en avant.

— De qui tu parles ? Tombé la tête en avant ?

— Dans les années soixante-dix, j'ai travaillé dans un grand cabaret à l'hôtel Princess d'Acapulco. Même appuyé au bar, Elvis Presley, le plus grand chanteur du monde, ne tenait pas debout. Bourré, gras, muet et sans fard. Une loque ! À ses côtés, un vieux colosse texan crachait des mots grossiers à la face du King. “You are nothing more !” Personne n’y prêtait attention, personne. Le roi du rock ne m’écoutait pas chanter, les insultes du Texan pleuvaient sur sa tronche. À un moment, j’ai craint une riposte violente de cette masse humaine mal démaquillée aux yeux de lynx. Mais l’idole suprême est tombée la tête en avant. »

Le Corse a laissé échapper un expressif « ça me fait froid dans le dos » tandis que le grand blond ne peut se retenir de commenter, ravi.

« Nous sommes des fortiches, nous avons la sensibilité froide et ne craignons pas les hommes intelligents.

— Moi je n’ai jamais connu d’homme riche plus heureux qu’un homme pauvre », poursuit Mario, dit « la canne ».

Au salon, je découvre leurs surnoms respectifs. Charlot, alias « le bancal » ; Ruffio, « le blond » ; Jean, « le belvédère ». Paulin m’embrasse tel un frère sur le front et pose sur la platine le LP de Moriss Albert.

« Parle-nous de ce qui est arrivé à ce Brésilien. L’histoire est croustillante.

— Morris Albert jouait *Feeling* dans un piano-bar de Brasilia, trois musiciens l'accompagnaient aux abords de la piscine. Le jour s'est levé. C'était un tube. Nicoletta en a obtenu les droits musicaux pour la France. Elle disait que c'était pour moi. J'ai fait une tentative d'enregistrement peu concluante. Ça s'appelait *Filles*, mes paroles étaient ridicules, j'ai mal chanté, c'était mauvais ! Très mauvais.

— Et il s'est passé quoi, alors, pour le compositeur ? »

Mario brûle de connaître le dénouement.

« Mike Brant a mis d'autres paroles en français sur la chanson et a connu son dernier succès. Peu de temps après, ce fils d'Israël déraciné s'est défenestré. Line Renaud a intenté un procès au Brésilien, qui a duré plusieurs années. Pour quelques notes semblables, Morris Albert a été condamné à reverser la majeure partie de ses droits d'auteur au mari de Line pour plagiat. Les avocats américains ont jeté mes amis sur la paille. Je ne comprendrai jamais qu'un artiste traîne devant les tribunaux un autre artiste.

— Elle a fait ça, Line Renaud ? Je suis déçu, dit Mario en se tournant dans l'axe de l'adjudant.

— Parce que tu la crois tendre, toi ? »

L'adjudant se lève en balançant la sentence. Son hochement de tête en guise de signal de départ renforce son autorité naturelle. Tout le monde se dirige ramasser son flingue sur le tapis d'entrée. Paulin ferme la marche. Il me réconforte d'un dernier sourire carnassier. Me voilà seul, sans destination précise. Je découpe un ananas. L'aube m'appelle à m'appliquer au piano.

Les nuits ne se ressemblent pas à l'appartement.

« J'ai dévoré l'œuvre entière de Stefan Zweig. »

Jo ne répond pas. Son attention se concentre sur un entretien. De Sylvie Vartan. Mon écrivain viennois ne rivalise pas. Jean-Claude, l'épicier, arrive en marchant à pas feutrés, la Gauloise bleue au bec.

« J'arrive direct de chez les flics. Ils m'ont gardé pendant cinq heures. Prosper s'est pété la cervelle, on a retrouvé son corps au pont de l'Alma, à l'entrée des égouts. Il s'est foutu en l'air, l'enculé de Gabonais. Je crois qu'il avait le sida. »

Georges pâlit. Il cherche des précisions.

« Es-tu certain qu'il l'avait chopé ?

— J'en sais rien. Ce dont je suis sûr, c'est qu'on a retrouvé quinze grammes dans la boîte à gants de la Porsche.

— Alors, je l'ai peut-être aussi.

— Comment ?

— J'ai baisé plusieurs fois avec lui. Quel salaud, ce Prosper, mais quel salaud, ce putain de bon coup ! »

Georges se tient la tête. La clarté du plafond se reflète dans ses yeux affolés. L'épicier ose l'humour.

« Pourquoi ne rêves-tu qu'en noir et blanc ? »

Jo étend sa serviette de bain sur le rebord de la fenêtre. Il semble fixer un point à l'horizon. Je lui demande à quoi il pense.

« Le monde tourne si vite, c'est grave. Je n'avais jamais remarqué qu'il y avait des mouettes dans le ciel de Paris. »

Jo part demain matin. Il reviendra s'allonger sur le canapé de mon salon dénué de rideaux. On ne se retrouve qu'après des trêves silencieuses. Lui comme la plupart ne m'auront offert que des amitiés passagères.

Je ne me suis finalement inventé qu'un frère. Sa dernière trouvaille est fidèle à lui-même. Un slogan à l'ironie féroce clamé dans le tout-Paris et affiché sur ses colonnes : « Bézu annule Bercy ».

« Ce n'est pas de moi, mais de mon directeur artistique, monsieur Gainsbourg… »

Bézu hurle son hit *À la queue leu leu*, bande-son des mariages et des fêtes décomplexées. Je ne me lasse pas de ce petit mec qui a toujours le besoin pressant de couper la chique à tout le monde. Au bar, André Bézu carbure au Picon bière. Il pisse sur la jambe droite du patron, qui lui refuse un dernier verre. Il ne reste que nous, me répète que je suis l'idole de sa mère, donc la sienne. Je l'abandonne au milieu de la rue. S'en va-t-il allumer sa télé et piétiner ses smokings pour ne plus jamais les porter ?

Le crépuscule tombe sur la côte normande. Marguerite Duras lit à voix basse. Nous marchons sur la plage de Trouville. Elle est légèrement penchée en avant. Parfois, ses mots parlent en biais.

« Le poète et l'ami du peuple et du terrassier. Aimez-vous Mallarmé ? »

Elle grignote voyelles et consonnes d'un ourlet sur ses lèvres sèches.

« Il faut lire Mallarmé. Et Michelet ! »

Je réponds lentement. M'exprime en spasmes.

« J'ai lu ... il doit y avoir... à peu près... environ... au moins.

— Relisez-les. »

Mon agitation hésitante est si visible qu'elle se met à rire. Le vent a relâché son emprise. L'aiguille de ma montre pointe pile cinq heures. Cette balade à son côté me délivre des ombres violentes qui m'encerclent. Elle ne me demande rien de mes amours. Rien de mes accompagnements ou solitudes. Rien de mon quotidien. Je crois qu'elle sait. Je me suis approché d'elle pour mieux la regarder. Sa voix maladive tousse un constat définitif.

« On a institué autour de l'amour une sorte de terreur. Tout est fardé, truqué, masqué. »

Elle dit encore :

« Entre la fausse et la juste intuition, il n'y a aucune différence. »

Elle lève les yeux au ciel pour signifier que, pour elle, le chapitre est clos.

On reprend notre flânerie en bord de mer sans rien dire. Les vaguelettes arrosent nos pieds frileux. Un curieux dandy nous suit au loin. Il maintient une distance régulière. Est-ce parce que je viens de compter à voix haute les goélands au ras de l'océan, que je dis à l'écrivain ma passion pour son œuvre ? Je lui dis aussi ma félicité toujours renouvelée à lire *Moderato cantabile*. L'horizon s'est embrasé. Violine et feux braisés. Marguerite s'assied sur le sable mouillé. Elle fixe un point immobile. Les vaguelettes se reflètent dans ses lunettes en écailles.

« Chantez-moi *Capri*, vous voulez-bien ? »

Elle me fait la demande en essuyant ses verres fumés. Et ma poitrine se soulève dans un souffle. Je lui murmure sa chanson à l'oreille. Ma voix couvre sa mauvaise respiration. J'aurais tant aimé la savoir en bonne santé. « *Nous n'irons plus jamais/Où tu m'as dit je t'aime...* » Instant de l'intimité. « *Capri, c'est fini/ Et dire que c'était la ville de mon premier amour/ Capri, c'est fini/ Je ne crois pas que j'y retournerai un jour.* » Emmitouflée dans une couverture écossaise, Marguerite rougit comme une fillette bien élevée qui côtoie un enfant du désordre.

Elle se redresse, le corps lourd. À proximité de son immeuble calme et vieillot, les Roches noires, le dandy nous dépasse. Je reconnais son eau de toilette « Vent vert » de chez Lanvin. La même qu'un garçon de passage autrefois. Il esquisse un léger rictus, me demande pardon pour ouvrir la porte de verre. Apparemment, il tient beaucoup à Marguerite.

« Bonjour, je m'appelle Yann Andréa. Vous n'avez pas eu trop froid ? »

Les mouettes remontent les sables. L'horizon est désormais taché d'encres noires qui s'émiettent. Marguerite Duras y jette un regard souriant. Puis pousse un long soupir. De sa gorge rongée, ces quelques mots d'adieu.

« Au revoir, beau garçon de ma chanson d'amour. »

Yann a refermé la porte. J'ai conscience que je ne la verrai plus.

Une bouillabaisse d'eau et de sable s'est collée à mon pare-brise. Le moteur de mon Alfa crache sa colère. Le mouvement lent au piano d'une sonate de Schubert exhibe dans le rétroviseur mon air de regret à ne pas appartenir au clan durassien. À ne pas posséder un refuge familial.

J'ai chanté, moi, à l'oreille de Marguerite.

Fin mars, le printemps n'est pas encore verdoyant. Un vent glacé s'enfuit sur la route étroite qui traverse le bourg de La Celette. Pas un cheval fumant, aucune charrue n'ondule à travers l'immensité des champs en pente. Climat placide. On n'aperçoit plus la moindre haie se dessiner à l'horizon. Tout semble figé sous des lambeaux de brouillard. À perte de vue. Je suis secoué de frissons. Le tintement des cloches jumelle mon esprit à mes exploits passés. Onze heures, ma préférée de la matinée. La visite au cimetière a été brève, l'abbé Angrand n'aimait pas les fleurs. J'ai flâné entre les tombes. Sous les fils électriques, un instant j'ai cru marcher sur l'eau.

La brise venue du nord traverse ma veste. Sur le parvis de l'église, je tourne en rond. Deux gaillards plantent un jeune tilleul en mémoire du bicentenaire de la Révolution française.

« Le maire craint que notre arbre, qui ombrage la place depuis des siècles, ne crève bientôt. Tout meurt ici ! La commune va mettre en vente le presbytère cet après-midi. »

À l'ombre du vieux tilleul, je me suis endormi des centaines de fois la tête dans mon missel. Encore un lointain souvenir. Les deux hommes ne relèvent pas la tête. Le cœur à l'ouvrage, ils retournent la terre de leur bêche en crachant dans leurs mains. Une seule phrase répétée sous l'inflexion du désappointement.

« Misère de misère, personne ne viendra plus prier pour nous ! »

Attroupement de personnes frigorifiées sur le trottoir. Le café a les volets clos. Rien dans le ventre. J'attends l'ouverture de la mairie. La famille Aupetit minaude en me voyant prostré comme un moineau transi. Elle dit s'étonner de mon éloignement du village depuis les obsèques de l'abbé. Louis Verneuil se frappe le torse pour tenter de se réchauffer.

« Tu te rappelles que tu chantais déjà sur le chemin de l'école ? »

La vente intéresse jusqu'à Rotterdam. Le comte de Beuvron n'a pas daigné saluer le couple hollandais qui attend dans la file. Engoncée dans sa robe verte, une imposante dame blonde embrasse ses connaissances du bout des joues. Elle s'est postée devant la porte et se retourne pour clamer sa vérité à voix haute.

« J'ai dû vendre mes vignes. Je finirai par l'avoir, la maison du curé ! Ce sera parfait pour mes vieux jours ! »

J'ai à peine eu le temps de sourire qu'un grand trapu en chemisette hawaïenne l'a serrée fortement contre lui.

« Tu nous en auras fait boire, du mauvais vin, l'Antoinette. Et tu en auras gagné, des sous, avec ta piquette ! »

Antoinette s'est dressée en exposant une mine effarouchée. Elle tire sa robe vers le bas.

« Tu vois le mal partout et chez tout le monde, l'Alexandre. »

Le vent crible le chassé-croisé de paroles. Jeanne Buxières, fermière au bourg, me glisse ses encouragements à l'oreille.

« Cette maison te revient de droit. Je m'en vais à l'église, je prierai pour toi. »

J'ai gagné un mètre. Le trapu, qui a comblé son retard dans la file, s'adresse à moi courtoisement.

« Je m'appelle Alexandre Bazin. Ma femme est jeune, elle vous adore, vous et vos chansons. Vous seriez une aubaine pour le village. Allez-vous vraiment acheter ça ?

— Oui... Peut-être bientôt aurais-je fini de me balader ! »

Le vent balaie en rafales. J'use d'un air pressé et prie les gens de me laisser passer.

« J'te dis que c'est lui ! C'est l'René...

— Il est bin maigrichon ! »

Se sont-ils ligués pour éviter le repentir du revenant aux pays ? Je connais ces figures. Parfois vaguement. Souvent sans les situer. Leurs sentiments à mon égard oscillent en fonction du masque ou du déploiement du visage. J'ai semble-t-il survécu à l'énigme du mal-aimé.

« Dis, il est comment, Jacques Martin ?

— Il est fou ! »

La mairie est toujours fermée. Antoinette s'emmitoufle dans sa fourrure lapin juste avant de frapper à grands coups dans la porte.

« Ouvrez, c'est Sidonie ! »

Madame Aupetit hoche la tête.

« Depuis quand elle s'appelle Sidonie, cette catin d'Antoinette ? À part elle, qui voudrait de ce tas de pierres ? Bon Dieu, qu'ce vent est t'y froid ! »

Un vieux ronchon empiète la chaussée.

« Bin moè, j'ai pas la télé et je voudrais point de c'te foutue baraque plantée en plein milieu des vaches ! »

Être dépossédé d'un tel accent, c'est un soulagement. Le clerc de notaire a libéré la porte. Nous entrons dans la mairie comme dans un jeu de hasard. Je me faufile pour atterrir à l'endroit de la classe qui m'a servi de coin-colle autrefois. Le poêle à bois fait désormais office de simple décor. Les crissements de la craie au tableau me remontent aux dents. L'été de mes douze ans, j'apprivoisais les abeilles, j'étais amoureux. Elle. Je l'ai embrassée en forçant sur sa bouche charnue. Brûlure aux lèvres. J'avais crié vers le ciel. Je ne sais plus qui elle était.

Une fenêtre s'est brusquement ouverte. Les nuages passent en douceur et rasent la plaine. Un désir d'aller piétiner la terre de mon enfance me monte aux joues. Verneuil se plante devant moi. Sans vergogne, Gustave Braud s'empresse de rejoindre l'avant. Il me détaille de la mèche de cheveux à la pointe des baskets. Le clerc a fait signe de nous asseoir.

Accolé au tableau, l'officier public empeste le tabac. Il réclame le silence.

« L'hiver a été rude. Que les routes sont mauvaises par ici ! J'arrive d'Épineuil-le-Fleuriel. Monsieur le maire n'est pas là ? Comme d'habitude, voyons ! Qui représente la mairie ? »

Quelqu'un a lancé sans se préoccuper du contexte :

« C'est l'fanfaron ! Oh pardon, c'est le père Bardou.

— Alors commençons, monsieur Bardou. »

Le notaire rallume son mégot de cigarette papier maïs. Propage la flamme sur les trois petites bougies. Et se hâte de prononcer l'énoncé.

« Ce jour au bourg, la commune de La Celette vend le presbytère fin XVIIe, début XVIIIe, non classé aux bâtiments de France. Plus un hectare et trois cents arrhes de terrain donnant sur la vallée. Plusieurs sources alimentent la mare. Mise à prix : 210 000 francs.

— La vallée du Grand Meaulnes, s'exclame Alexandre Bazin.

— Monsieur, laissez-moi faire mon travail, je vous prie ! Très belle construction de caractère, disais-je, donnant sur la place de l'église. Cloître sur cour, jardinet dans l'entrée et deux caves souterraines. Le ruisseau de la Grenouillère sert de limite au terrain et s'en va vers le Cher. Le toit, en très mauvais état, est à quatre pentes de tuiles rouges de Nevers. »

Je n'irai pas trop loin, si le toit est à refaire.

« Ajoutons à la demeure une grange servant de remise. Le pigeonnier est entièrement à rénover. Rassurez-vous, tout n'est pas en mauvais état ! »

Le couple hollandais a hissé ses quatre bras.

« 250 000 francs. »

Gustave bougonne dans sa barbe.

« Faudrait quand même pas laisser partir notre patrimoine aux étrangers ! »

Antoinette embraye à 270 000. J'ai dit 275. La fausse blonde me cause comme à un subalterne.

« T'emballe pas, le Parigot ! »

Elle annonce 300. Moi, 340. Mon col roulé en laine rêche me démange. D'un rire ravalé, le clerc note l'enchère. Le notaire, lui, dégaine une série de phrases en cascade. Sa voix perchée est bousculée par le chahut des écoliers en récréation. Dans la cour, en bas, une fillette s'écrie :

« Parlez plus fort, là-haut ! La m'mam' veut tout savoir, elle m'a demandé de tout lui raconter ce soir en rentrant à la Roche Bridier. »

La Roche, Épineuil, Nevers, La Grenouillère, cela me parle.

À 350 000, les Hollandais jettent l'éponge. Gustave pouffe de soulagement, retire ses lunettes, les dépose sur son front.

La récréation arrive à terme. Le notaire adoucit le ton et me contemple aimablement.

« Souvenez-vous, monsieur l'artiste. À notre époque, les enfants de La Celette n'avaient pas cours le jeudi, mais nous étions tout aussi bruyants ! »

Il m'a semblé ne reconnaître personne, à part moi. Ou bien le fait-il exprès. Ce trouble me raidit. Pourquoi seulement nous transporter par nos souvenirs d'écolier ?

Dans le bourg, une camionnette klaxonne à trois reprises. Madame Aupetit, affolée :

« Vingt dieux, j'ai raté le boucher ! »

Gustave redouble de véhémence.

« C'est scandaleux ! La commune vend ses biens ! Scandaleux !

— Toi, tais-toi, c'est la commune qui te nourrit », récrimine Bazin.

Le notaire s'étire, las de ces enfantillages. La cendre de sa cigarette s'effrite sur ses papiers éparpillés sur la table tachée d'encre. D'un coup, je le reconnais au petit trou qui stigmate son menton. Pirel. Charles-Henri Pirel ! L'enfant de chœur des fêtes religieuses. À Noël ou Pâques, je sonnais la cloche. Il portait l'encensoir. Des ponts enneigés, nous en avons traversé au pas de course derrière un abbé surchargé par un agenda de prières. Pirel et moi ne déjeunions pas à la même table. Mais nous jouions ensemble aux petits soldats.

Je l'ai fixé, persuadé qu'il avait la mainmise pour que je devienne le bénéficiaire. Il reste plongé dans ses papiers, contracté et la sueur au front.

« J'ai oublié de préciser que ce lot comprend également portes et placards en bois de palissandre ainsi que quatre cheminées de pierre ciselées d'une coquille Saint-Jacques, que sans doute nous devons aux compagnons. Ce n'est pas Chambord, mais tout de même ! »

J'ai la fringale. La marchande de piquette se voile de fourberie et monte l'enchère. Son nez semblable à un bec de vautour se courbe afin de me défier. Je relève la main aussitôt après elle. Je sais être compétiteur. Dans l'éventualité d'un échec, je me demande si je serai suffisamment riche un jour pour posséder un bout de ciel au pays de George Sand. L'âme seule, c'est moi. J'ai accompagné l'abbé Angrand, tel un fils, dans sa dernière demeure. Le presbytère me reviendra. J'ai le droit à ma part de silence.

La grisaille argentée a encerclé les alentours. Le comte épie murmures et plaintes des uns et des autres. Serai-je capable de vivre à la campagne de mon plein gré ? Dormir sous les ornes, m'expurger de mes trop-pleins d'alcool, courir dans la nuit par les sentiers à la manière d'un feu follet… Il faudra m'arranger avec ma vulnérabilité. Me détourner de mes amis qui ont le nez plongé dans la cocaïne. Alors, j'irai sauter par-dessus les barrières des fermes interdites, fouiller sous les feuilles des parterres de girolles.

Le tintamarre des enfants en récré est revenu. Madame Buxières entre résolument dans la salle.

« Arrête-toi donc, l'Antoinette ! Notre chanteur pourrait tant apporter au village. N'a-t-il pas vanté partout les bienfaits de notre bonne terre berrichonne ? »

La fermière grogne à son tour.

« Ici, c'est le trou du cul du monde ! La nuit, ça manque de réverbères. Et pis l'a-t-y seulement l'sous ? »

Antoinette gesticule curieusement sur sa chaise. Ses talons aiguilles récurent le carrelage et s'écrasent sous le poids de son fessier imposant.

« T'es bin fière, Jeanne, pour une ancienne pupille de l'Assistance. Et appelle-moi Sidonie, d'ailleurs. Moi je ne me présente pas aux élections municipales. Ici pour causer, faut payer ! »

Deux des bougies consumées, elle déclare 400 000 francs. Le bruit de ses talons m'insupporte. D'orgueil, j'ai gonflé mon torse. Je clame 510 ! Le trapu ravale sa glotte. Dame Sidonie ne pipe plus mot. Ruisselante, elle s'essuie de l'entre-seins au front, se lève et range sa chaise de défaite.

Le notaire se tend. Raide comme un cierge. Une odeur de cire brûlée me picote les narines. La troisième bougie s'est éteinte. Mon ancien compagnon de sacristie ordonne le point final.

« Adjugé à 510 000 francs ! »

Sous des bravos démesurés, je deviens l'heureux propriétaire du presbytère.

Verneuil s'est excusé de devoir retourner chez lui pour balancer la mangeaille aux animaux. À l'extérieur de la mairie-école, j'ai baisé la paume de mes mains à la manière d'une prière pour m'assurer que l'inconcevable est authentique. La rumeur court déjà dans le bourg.

« L'enchère est montée jusqu'à 600 000 francs. »

À ma joie, le notaire lève le pouce. Sa langue effleure sa lèvre inférieure. Je devine l'ironie.

« Je me souviens parfaitement de vous. Vous n'étiez pas tenable ! Convenons rapidement d'un rendez-vous à mon étude d'Épineuil-le-Fleuriel, nous aurons à signer l'acte et à parapher une quinzaine de pages.

— Et boire un coup ?

— Épineuil, vous connaissez ? C'est à deux minutes à vol d'oiseau d'ici. »

Place de l'Église, la nouvelle a trouvé destinataires. Une jeune fille, enjouée :

« Regarde ta nouvelle maison mauve. Va donc jeter un œil à travers la grosse grille, tu verras mieux ! Y'a du boulot !

— Moi, je suis l'Auguste, un des fils d'Armand. Il est très fier de toi. Et moi je suis content, pour lui et pour toi ! Mais j'vote point pour les bourgeois, moi ! »

Jeanne Buxières le prend à partie.

« C'est pour moi que tu dis ça ? Sauf que moi je suis allée à Paris le voir chanter !

— Armand t'aime vraiment beaucoup, c'est un gars de l'Assistance comme toi. Tu dois en voir des choses à la capitale et... des filles, non ? »

Auguste a les yeux extasiés sur ma BMW. Il s'est voûté pour ne pas m'interrompre.

« Superbe, ta bagnole ! Ça doit coûter, non ?

— Cher mais utile ! »

Sa silhouette est découpée par un nuage noir.

« Chez nous, l'ennui ne tue pas le temps. »

Les deux infatigables planteurs poursuivent leur effort. Je me sens un peu con devant eux. Ils sont tout guillerets.

« L'Hervé au pays ! Qui aurait pu penser ça ?

— C'est plutôt l'R'né qui nous r'vient ! »

Gustave s'est finalement résolu à venir me serrer craintivement la main.

« Je ne voulais point médire de toi. C'est fait ! Bin dame, un chanteur à la mode au village ! Bin dame, j'arrive pas à y croire ! »

Le maelström des conciliabules s'estompe. Le comte de Beuvron salue l'assistance, une main jetée au front et talons joints. Il me fait penser à Erich von Stroheim dans *La Grande Illusion*.

Madame de Peyron a stoppé sa R5 au milieu de la chaussée.

« Je me réjouis de vous revoir parmi nous ! »

Alexandre Bazin pousse un cri conquérant.

« Je vous envie, vous les artistes. Les curés ont fait leur temps ! »

Une heure avant la tombée de la nuit, le coq a chanté. Je cherche à m'échapper. Je leur dis qu'ils sont tous formidables.

L'air humide embaume l'odeur aigre des étables. Je compte les battements de mon cœur. De l'autre côté du vieux mur en ruine, la vieille bâtisse est à moi. Je destine à chacun d'eux des formules banales similaires à celles adressées à mes admirateurs. Leurs grosses pognes me broient les phalanges.

« Je suis Maurice, ton voisin l'plus proche. Faudra venir boire un canon dès que tu r'viendras au pays. On ira aussi voir la Simone, elle sera contente ! Appelle-moi Champagne comme tout le monde. »

Madame Buxières s'en remet au rapprochement familier.

« Si, un jour, il te prenait l'envie de venir vivre par là, n'hésite pas à traverser la route. »

J'ai enjambé le marchepied de ma voiture.

« Au revoir tous et à très bientôt. »

Tout le monde a levé les bras comme pour célébrer une éclosion de printemps.

Angélus du soir. Mon enfance me dévisage. Je m'en vais sans même avoir cédé aux incitations de la jeune fille enjouée. Les racontars auront de la substance pour deviser sur mon cas.

Je suis seul sur un chemin de poussière. L'autoradio diffuse *La Lambada*. À La Preugne, le château aux façades jaunâtres de mademoiselle Thévenard-Guérin a des allures de vilain pavillon de Garches. Les Chauvais, Les Genièvres, Les Élargis, Les Alouettes… Ces lieux-dits défilent sur les panneaux en bois. Mon sang bouillonne. À la lumière des phares blancs, j'aperçois du lierre dans les arbres.

L'aéroport d'Orly m'a paru suranné. Séjour resserré dans les studios de télévision d'Allemagne et des pays de l'Est. Je m'attarde dans la nuit froide. Le mur de Berlin est en ruine. Enfin la fuite vers la liberté. Au milieu des gravats et des canettes de bière, j'ai ramassé un morceau de béton taché au minium. Dans mes mains se nichent les vestiges d'un monstre du passé.

En gare de Prague, le douanier relève la tête au moment de la fouille de mon sac. Il me sourit de sa mâchoire d'acier lorsqu'il trouve le béton enroulé dans un vieux tee-shirt siglé des quatre lettres Y.M.C.A. Il ne dit rien. J'imagine qu'il doit me prendre pour un marginal. Ce segment orangé appartient à l'Histoire. Dans ma future demeure, au creux d'un mur épais, j'irai l'ensevelir symboliquement comme une pousse sous la pierre.

*

Au-delà de vingt heures, l'avenue Pierre-1er-de-Serbie couve un calme pareil à celles de Varsovie. Sur mon palier, un bruit semblable à de petits gémissements étouffés. Qui a déposé ce chiot dans une boîte de chaussures ? Ma vie de solitaire est apparemment si inquiétante que quelqu'un s'en préoccupe. Le cadeau encombrant ne provient ni de Cécilia ni de Georges ni de Jo. Un fan, certainement. L'étiquette attachée à son cou par un ruban bleu comporte un message d'une écriture tremblée.

« Gardez-le bien et trouvez-lui un vétérinaire. Il a quatre mois, c'est un teckel de la Forêt-Noire. Il s'appelle Sylvestre. Je sais qu'il sera très heureux à La Celette avec vous. Ah ! Ces fans savent tout ! »

Je pars chanter à Colmar. Je dois m'arranger de cette petite bête aux poils rêches et au regard lourd. Je n'ai jamais eu de chien ni de chat auparavant. Ce n'est pas une peluche, mais du crin au cou véloce. Il me lèche déjà, me mordille les doigts. Ne pas pisser sur le canapé. Je panique. Aller où ? Il se glisse au fond de mon sac.

« Et puis merde, viens, je te garde. On ira où le vent nous portera. »

Je cause à un chien. Mon chien. La bagagerie est plus lourde. Dans la BMW, il a la bougeotte. Il a faim. Autre panique. Des croquettes ? Ça se procure où, des croquettes ? Moi qui suis incapable de nourrir un serin !

Les arbres s'emmitouflent dans l'épais brouillard de Colmar. Au bar de l'hôtel, je bois la Kronenbourg, pose quelques accords sur le piano bastringue. Les vibrations me remontent dans les bras. À mes pieds, mon chien couché. Jamais je n'ai avalé autant de sandwichs. Mon accompagnateur n'aime pas le jambon. En coulisses, une blonde peroxydée traîne sa langueur. Je la sais éprise de moi. Peut-être que la bête sort de son carnet de chèques.

« Valentin. Oui, appelez-le Valentin. Avec un v comme Vilard. »

Sylvestre ne jappe plus. Sylvestre court déjà la coulisse. Il s'accommode sans peine à son terrain de jeu, monte en scène, traverse le plateau, triture avec ses dents le fil de micro, descend les escaliers. Les musiciens l'ont surnommé Stallone. Il me suit aussi dans ma loge sans miroir. Dans un vilain cadre mauve, essentiellement des portraits de chanteurs morts accrochés aux murs : Cloclo, Mariano, Moreno, Mike Brant, Dassin, Dalida...

Je me concentre, les mains sur les tempes. Le chien m'observe malicieusement, la tête penchée sur le sac. Soirée de gala pour œuvre caritative. Pas de retard sur l'horaire prévu. Le public alsacien tape des mains à contretemps. Je tends les miennes pour dessiner des arabesques. Légères variantes. La mise en danger est un moteur. Au premier rang, les huiles régionales bâillent, les militaires se détournent de mes chansons et parlent entre eux. Cela m'ennuie. On a failli m'écharper pour la brièveté de ma prestation. C'est mon destin d'être loué, aimé, vénéré, blâmé, méprisé. Je n'ai la prétention de n'être que celui que je suis.

Fuir Colmar. Apprendre à vivre quotidiennement en compagnie d'un teckel. Et la crainte de l'oublier ! Sur la route, mes pensées le concernent. Quel sera le déroulé de mon existence avec un chien pour seule compagnie ?

La France me soulève. Sylvestre se révèle un discipliné gardien de mes loges. En sortie de scène, je dédicace ma photo. Je signe aussi des posters d'une époque déjà derrière moi, des paquets de cigarettes, des livres de Duras. On m'offre du vin, des images pieuses, on se dit fier de mon glorieux retour et on me prie de ne plus jamais déserter le pays aussi longtemps. Les Béarnais ont le sang aussi chaud que les Basques. Un cri surgit de la salle Henri-IV :

« C'est un pédé ! »

Le maire de Pau se manifeste de sa voix ensoleillée :

« Ne vous laissez plus jamais insulter par personne, mon beau garçon ! Prendrez-vous une coupe de champagne ? »

Je sais me comporter en public. Je bois de l'eau gazeuse dans une flûte en plastique. Ma plus belle hypocrisie. Je trinque à ceux qui apprécient mes chansons bleues et à ceux qui feignent cette posture. Le magistrat palois m'a donné une grande tape dans le dos en réitérant une nouvelle invitation. J'ai pris le volant pour Bagnères-de-Bigorre. Dans ma tête, l'imagerie d'un grand jardin. Serait-ce un appel pour que je lève le pied et que j'aille m'enraciner dans ma maison du Berry ?

Au mois de mai, La Celette inonde ses collines de blés verts. Des nappes de brume émergent en cascade. Murmures sous les nuages drapés de rose. Je me laisse caresser par le vent.

Les cinq maisons du village ont le même toit de tuiles rouges. La pente raide me contraint à la prudence pour descendre au presbytère. La grille s'est arrachée au ciment de la paillasse, j'entre par la petite porte du jardin clos en friche. En travers de l'allée, l'imposante croix couchée. Sylvestre déguerpit en trombe. La gravité de la maison contraste avec le vacarme des enfants en récréation. Ma malchance aura trouvé ses failles puisque je me retrouve en ce jardin abandonné à suer sous mon épaisse chevelure noire. Aussitôt, je suis allé me poser sur la margelle du puits à contre-mur de la sacristie. Le vieux lilas couvert de fleurs pourpres est intact. Les jeudis, des voix humaines jaillissaient d'un livre ouvert, quand Julien Sorel était mon ami imaginaire.

Sylvestre est revenu. Il se poste debout et sur ses pattes arrière. Une vieille dame m'épie derrière la haie de bambous.

Le lierre a mordu dans le bois de la porte d'entrée. J'ai tiré sur la clochette, forcé la clé rouillée de la serrure. Le bas de la porte crisse sur les dalles humides. Dans l'obscurité du couloir, les araignées ont tissé leurs toiles en cercles concentriques. Tout s'avère avalé par les sortilèges et les moisissures. Les mouches dorées ont colonisé les couches de papiers peints flétris sur les épais murs fissurés. Le plafond s'est mis à danser. La voie est périlleuse. À l'autre bout du couloir, la glu s'est collée sur ma figure. Je peine pour arracher la toile à l'embrasure et soulever le loquet de l'autre porte délabrée. J'ouvre les six fenêtres aux petits carreaux sales et embués, repousse brusquement les persiennes. Un air tiède pénètre la maison. Là où mes secrets d'enfance s'étaient égarés.

Ce n'est pas pour mon passé que je reviens ici. J'aspire à me débarrasser des tentations aux retours élastiques. Ce pacte, je l'ai passé avec moi. Seul.

Plein sud, la terrasse foisonne d'herbes hautes sur le mur éboulé. Les racines d'un cèdre mort ont renversé l'escalier qui mène au bas du pré. Trois rangs de fils barbelés clôturent le parc. C'est l'œuvre des Buxières. Au fond, la haie se voile de vert. Un rose chair plonge dans le bleu pastel. La vallée du Grand Meaulnes regorge de bovins blancs. Je ne suis personne.

Ne pas s'apeurer face au délabrement. La petite mare s'enfonce dans les joncs, la façade s'affaisse, l'armature de fer rubigineux tombe et entraîne l'églantier dans sa chute, le toit penche vers l'avant. Tout est à refaire. À reconstruire. Le temps n'est plus un obstacle. Au cours de l'après-midi finissant, je me dis qu'il faudra planter des bouleaux, des mélèzes, des aulnes, des frênes, mais aussi des acacias. D'indicibles nuances défilent encore devant mes yeux. Et la vieille dame est encore là, observatrice assidue derrière la haie de bambous. Qui sera à mes côtés pour donner corps et vie à cette demeure ?

L'angélus annonce sept heures. Autour de la table, les Buxières sont sept. On m'a invité à laisser mon chien à l'extérieur. Le patriarche croise et tranche le pain. La barrique est à portée de main. L'épouse aux yeux défiants sert le grand fils amorphe et taiseux, puis gave les trois petits-enfants de patates. Lui se met à me tendre ses grosses mains par-dessus la table et s'écrie :

« T'as t'i remarqué comment on a solidement clôturé la parcelle de ton terrain. On y aura gagné un petit lopin de terre de par chez toi. Mais rien ne se fait pour rien au pays ! Ainsi mes charolaises pourront aller s'abreuver dans le ruisseau sans avoir à faire de détours. »

Je ressens la vigueur et la rudesse de leurs ancêtres paléolithiques. Le vieux donne à chacun une tranche épaisse à la pointe du Laguiole sorti de sa poche. Sa voix âpre balaye des souvenirs de prisonnier de la guerre de 40. Il remplit les verres.

« C'est toujours ça que les Anglais et les Boches ne boiront pas ! »

Le grand air m'a ouvert l'appétit. Les Buxières ne me convient pas à partager le repas du soir.

« T'en as de bien belles chansons ! Quand t'es pas là, on pourrait te servir de boîte aux lettres... Enfin, si t'as besoin ! »

Hormis Jeanne, je me rends compte que leurs prénoms me sont inconnus.

La lune a pris forme. Pleine, translucide, triomphante. J'ai dit :

« Bonsoir messieurs-dames, bonsoir ! Je vais aller m'étendre sur le lit de mon petit hôtel morne. »

Le vieux a le ricanement sceptique.

« Messieurs-dames... Bin ça par exemple ! De mémoire de Celettois, y'a belle lurette qu'on ne prononce plus ces mots-là dans notre famille. Moi c'est l'Auguste et ma bru c'est la Denise. Quant à mon grand fils, on l'appelle Pataud. Ceux-là, ce sont trois de mes petits-enfants. J'en ai onze... ou douze. Bref, j'en sais plus trop rien ! »

Le silence a le pouvoir sur la ville de Saint-Amand-Montrond. La patrouille veille. Le tabac Fontenoy va fermer. Là-bas j'avais appris la mort de Marilyn Monroe. Aucune distraction le soir pour la jeunesse dans cette sous-préfecture si ce n'est crever d'ennui place Carrée. Les chats de gouttière et les crapauds esseulés errent dangereusement sur l'asphalte. Deux Iroquois mutiques s'enfument au bouche-à-bouche autour du kiosque à musique garni de chrysanthèmes. Rien d'important ne m'arrive sans que j'éprouve l'étrange sensation de recevoir les choses par curiosité.

Vers la fenêtre d'en face, les volets et les rambardes des balcons sont repeints d'un rose poisseux. Le linge sèche au milieu du salon pendant que le jeune couple affalé sur le canapé à motifs s'enfile une rediffusion du feuilleton *Dallas*.

Je suis obnubilé par ma maison inhabitable, fouiller ses moindres recoins, chiffrer le montant de la toiture à refaire. Le doute est prégnant. Allongé sur mon matelas inconfortable, je finis par me demander si la vétusté du presbytère n'est pas insurmontable. Sylvestre rêve et ronfle. Son museau pèse sur mon bras. Je suis comme un gamin perdu dans un jeu de Lego. Je ne risque pas de dormir longtemps.

Au loin, les biches aux reflets fauves et argentés se faufilent vers le taillis sur la colline du matin. Je jubile à pisser droit en pleine nature. Ronces et orties géantes m'infligent des cloques aux mains. Je m'écorche dans les branches, remue la terre de mes ongles mutilés par les racines sous la mousse. Sylvestre est aux aguets, il gagne du terrain. Je m'épuise utilement. La tentation d'une existence solitaire et d'une barbe pirate m'envahit à chaque mètre franchi après avoir écarté le branchage parfumé d'humus. Paix rurale. Grisaille monotone. Les plâtres s'effritent dans la maison aussi nue qu'encrassée. Ne pas se décourager. J'empoigne le tuyau d'arrosage, passe puis repasse le jet d'eau froide sur les poutres apparentes aux plafonds de chênes centenaires. Frotter au savon les portes des placards de ses soutanes. Les tommettes cramoisies se sont redorées d'un rouge vif. Je ruisselle sous l'eau noire.

Maurice me salue de loin en levant la main.

« Appelle-moi Champagne comme tout le monde ! »

Il est avare de conseils et ne peut s'empêcher, entre deux quintes de toux, de se racler la gorge. Maurice, ou plutôt Champagne, roule ses cigarettes de tabac brun et tourne les pages du magazine *Détective* le cul sur la lessiveuse.

« Ton terrain aurait cinq sources.

— Des malins, ces curés, ils n'auront rien bâti au hasard ! »

J'ai tant à m'atteler, redresser, retaper, réparer.

Au grenier, la charpente fait œuvre de majesté. Tout craque sous mes pas. Mes pieds ont foulé des piles de livres qui bâillent en vrac tandis que la poussière des flocons d'avoine m'encrasse les narines. L'eau a fui du toit, quelques pages d'une bible gravée sur parchemin en sont restées collées. Une Vierge bleue est étendue au sein d'un bric-à-brac de choses futiles. J'enjambe une Jeanne d'Arc en plâtre qui élance son étendard parmi les prie-Dieu.

Les agendas entassés de l'abbé ont résisté aux intempéries. J'ai lu :

« Vendredi 8 avril, Sainte-Julie. Chemins de Croix de La Celette 15 h. La Perche 16 h. Ainay-le-Vieil 17. Drevant 18 h. 9 avril, Samedi saint, église d'Ainay-le-Vieil. Veillée pascale, messe d'action de grâce. »

Je poursuis ma quête, trébuche dans les cartons grignotés. Mes élans à les ouvrir sont démesurés. Je reconnais l'écriture appliquée des sermons et prêches rédigés à l'encre de Chine. Ce témoignage des paroisses avoisinantes ancré dans la foi chrétienne d'un demi-siècle est un trésor. L'inestimable ne trépassera pas dans la décharge municipale. Grâce à moi, un diacre ou l'évêque de Bourges s'en chargera aux hospices de la cathédrale. Sylvestre ne renifle plus rien. Il me presse de descendre par l'échelle instable.

La trêve volontaire de ma fréquentation des studios de télévision s'est achevée. J'avais pourtant demandé à jouer les prolongations. Sur le plateau de Marc-Olivier Fogiel, on s'acharne à ne rien dire. L'audience de son émission est au zénith, il paraît que c'est là qu'on doit se montrer. Exposé comme un orphelin qui ne sent plus sa peau, je me suis fait piéger dans un jeu de masques. Face à moi, un truand impassible qui sort à la fois son livre et de prison, un honorable écrivain qui s'ennuie de ses mots savants et finit par me convaincre que la pensée de Jean-Jacques Rousseau est au cœur de notre société. La distribution de la semaine se complète d'une actrice de film X sans nom et d'un Jacques Séguéla ravi de débattre pour recentrer les sujets sur lui. Le faux marchand d'espoir a les joues tannées par les UV. Ses mèches de cheveux ont viré au roux queue de vache. Il nous affirme avec l'aplomb d'un camelot que la République a besoin de modernité. Et de ses services. L'heure tourne.

Dans un décor fin de siècle, Fogiel lance ses questions à défaut d'écouter les réponses, balaye d'un revers comme on évince les mouches. La régularité de mes paroles directes semble satisfaire l'animateur à la mode.

Il énumère mon parcours chaotique, dévoile rapidement à la caméra la pochette de mon album de chansons tristes et lentes. Fogiel s'extirpe de ses fiches et conclut d'un rire aigu de fausset :

« L'émission de ce soir, c'est comme Capri… C'est fini ! Bonsoir. »

Je rage sur le périphérique. J'ai manqué un soleil éclatant.

En remontant l'avenue Marceau, les tags défigurent la pierre de taille des immeubles haussmanniens jusque dans les rues adjacentes. Mon appartement est trop vaste. C'est jour férié, je m'enferme et m'enivre de gin tonic. Mes bonheurs s'appellent Glenn Gould, Vivaldi. Les voisins se plaignent du bruit de la musique qui résonne dans la cour. J'ai écrit à l'archevêque de Bourges en empruntant les mots de Paul Valéry.

« Nous pensons qu'un homme a pensé, et nous pouvons retrouver entre ses œuvres cette pensée qui lui vient de nous : nous pouvons refaire cette pensée à l'image de la nôtre. »

Interdit aux chiens. J'ai soudoyé d'un billet de cent francs le gardien du parc de la place des États-Unis. Sylvestre tire sur la laisse et s'en va lever la patte contre le mur des ambassades. La nuit, on drague autour de la statue d'Abraham Lincoln. Mon fauve de la Forêt-Noire randonne. L'existence de ma sexualité force la déstabilisation. Dès l'ascenseur, l'animal étire ses muscles avant de rentrer retrouver son coin. Je n'attends personne. Face au plafond laqué blanc, je me supporte, la tête à l'envers, à répéter mon play-back. D'une inviolable complicité, mon chien est devenu un palliatif à mon répertoire. L'attaché de presse me hurle dessus au téléphone. Je n'ai pas accepté que mon visage soit figé sur un corps de cire au musée Grévin. Je le laisse s'époumoner. Les félicitations mensongères et le falbala médiatique m'imposent du recul. Je n'ai pas l'intention de couper les ponts avec le reste du monde. Juste en finir avec les petites vanités et les pièges tendus.

*

Ne pas habiter un vieux quartier de Paris représente un regret. Passages des Patriarches, j'ai espéré croiser un interlocuteur complaisant ou ignorant tout de moi pour prendre un verre. Rien. Personne. Je me dis que mon fils aurait sans doute aimé déambuler dans les rues pavées. La nuit, il vient se blottir dans mon âme. La nuit, notre moment privilégié. La nuit et ses heures où l'on se ment à soi. J'ai froid et je l'aperçois dans les traits d'un garçon de son âge, l'œil luisant, le cheveu tout aussi noir que le mien. Une minuscule tortue glisse entre ses fins doigts de métis. Chaque année, il grandit. Un hamster court sur son épaule frêle. Pierre aurait eu quinze ans ces jours-ci. Son regard traîne partout où je me rends, il se faufile furtivement, se retourne sur les filles. J'ignore à qui il parle. Certaines histoires me reviennent détaillées. Il ne les partage qu'avec moi seul. J'ai droit à ses rires insouciants, j'ai de la tendresse pour ses obstinations, je partage son enthousiasme pour Bob Marley et son rejet de la corrida. Il n'aime pas la musique mexicaine. Comme son père. Pierre dit des mots que je ne parviens pas toujours à saisir.

« T'as vu la meuf ? Elle ne me calcule pas ! »

Je n'oublie jamais ma prière. Bon anniversaire, fils. J'aurais évidemment fini par t'appeler Pedro… Ou Pierrot.

Au réveil, mes projections sont précises et fermes : ne rien posséder d'autre que ma maison berrichonne. Je consulte régulièrement un psychiatre de la rue des Feuillantines pour expulser les éclats de verre qui congestionnent mon cerveau. L'échange de nos goûts musicaux est harmonieux. Le psy aux traits évasés et au menton aigu slalome entre sexe, masturbation, solitude, famille, ego.

« Toute enfance troublée est profitable. Le mot “seul” n’est qu’une simple parole de réflexion. »

Le sujet fâcheux. Il l’aborde.

« Êtes-vous certain d’avoir aimé votre mère ? Pourquoi, après votre retour de Mexico, n’avez-vous pas cherché à fonder une autre famille ? »

Il insiste sur mon passé encombré d’obstacles. Je me cramponne à mon fauteuil. Me guérir ? Mais pour vivre quoi ? Il n’y a que les menteurs qui vont bien. Accoudé à la table en plexiglas, le psy attend un abandon en flux de paroles. Il ne reçoit de moi que boutades et rires nerveux. Je ne suis pas disposé à regarder mon âme dans un miroir. C’est une double erreur de penser qu’on puisse jumeler attente et espérance en payant cinq cents francs de l’heure. J’aurais opté pour un autre trouble sur le divan. Celui de me donner à lui.

Aucun testament n'a empêché la démolition de dizaines de fermes berrichonnes du XVIIIe. L'autoroute A71 Paris/Clermont-Ferrand a éventré le sentier de La Preugne. Une frontière s'impose entre le bourg et le hameau des Bornails. Je m'arrête voir l'étang des Joncs, là où venait boire le cerf, ce roi de mon enfance. L'ossature de ma cabane perchée là-haut à la fourche de trois branches noueuses du vieux chêne est quasi intacte. Une larme de bonheur coule sur mes épreuves d'enfant sauvage. Sylvestre s'égare dans les éclairs de l'été pendant que j'en retourne à mon secret. C'est jeudi, jour de la camionnette du boucher. Ça marmonne, ça médit, ça raconte sa semaine avec une patate chaude dans la bouche.

J'ai pris deux andouillettes et un os à moelle. Marie s'excuse de détourner le regard.

« Ça m'impressionne toujours de voir en vrai ceux qui passent à la télé.

— Parce que tu en as rencontré beaucoup, toi, des vedettes qui passent par chez nous ? »

Madame Aupetit jette à Maurice son regard indisposé.

« Les traditions se perdent désormais. M. le baron travaille, il est devenu un bon républicain maintenant qu'il a son bureau à Bruxelles. On dit que la famille aurait vendu plusieurs grandes parcelles de ses terres aux Chinois…

— Et de très anciennes tapisseries d'Aubusson qui pendaient dans les donjons du château », ajoute Marie.

Louise Villemin est si confuse qu'elle se gratte l'épaule sous la bretelle de son soutien-gorge.

« La veuve du charron est donc absente, elle qui se plaint toujours de ne jamais voir personne ! »

Maurice injecte un soupçon de mépris dans le sourire.

« Simone Planteligne attend son boulanger. Décidément, ça, c'est comme l'envie de fumer et de boire, ça passe pas ! »

Avant de partir, Louise ironise à son tour.

« Te fâche pas, Champagne ! Maintenant qu'on n'a plus la messe, ils s'en vont tous discuter sur le parking des supermarchés. »

Louis Godignet a pris l'averse, le pantalon mouillé jusqu'à l'échancrure des aisselles. Il rejoint la camionnette et m'interpelle.

« T'as bin payé ça cher pour un tas de pierres qui s'écrase ! Eh ben tu en as du boulot pour rénover tout ça !

— Donne-moi de la langue de bœuf, s'il te plaît.

— À mijoter quatre bonnes heures, précise le boucher au nez enluminé.

— Notre sous-préfet nous demande de ne pas nous inquiéter pour la prospérité du Boischaut. Le vent qui souffle au sommet de nos collines fera tourner des éoliennes. »

Louise est déjà revenue.

« Y'a plus moyen de dénicher un plombier par ici. Il faut aller jusqu'à Sidiailles, c'est pas possible. »

La chaleur s'annonce plus terrifiante que la veille à les entendre prononcer le nom des villages alentour : Châteaumeillant, Culan, Saint-Saturnin... Des mots dits et non dits lestés d'expressions balancées à la sauvette.

« Mille veuvages, bin ça pardi. »

J'ai renvoyé le ballon dans la cour d'école. Les enfants s'écrient en chœur.

« Merci M. le chanteur ! »

Par-delà les champs multicolores, la comtesse de Beuvron m'attend afin de me remettre des dalles d'anciennes porcheries. Madame est tout aussi gaie qu'inépuisablement riche. Elle a l'indolence et la gravité d'une très vieille femme.

Les écureuils jouent dans le parc. La vigne vierge risque d'avaler la haute cheminée du château de Beuvron pas encore délesté de ses armoiries. Dans l'interminable cuisine, on m'offre une limonade.

« Nos chers enfants viendront sûrement partager la dinde à Noël ou le gigot de Pâques. Seront-ils là à la Toussaint ? C'est le lamento quotidien de nos campagnes éloignées. »

Le comte acquiesce.

« Nos enfants sont tellement occupés de nos jours. Ah ! Ce business sur Internet ! À les écouter, le Berry est un bout du monde. »

Le noble couple se donne la réplique sans m'exclure du dialogue.

« Cruelle période pour la France, ne trouvez-vous pas ? »

Actuellement dans une salle de vente new-yorkaise, un Nippon grincheux et un Saoudien fortuné se disputent aux enchères les boiseries précieuses d'un château des Bourbons de Lignières. Le comte se félicite de me voir partir avec mon chargement de dalles crottées dans la camionnette. Le soleil se veut inoffensif. Les vaches traversent la route. Au lointain, les brumes se pourchassent et s'étendent comme de l'ambre. Pas une âme n'est entrée dans l'église cet été ni n'a franchi encore le seuil de ma porte. Je me suis brisé le dos, la faute à l'étalage d'une tonne de dalles déposées en pyramide. Dans la cour, une odeur de fumier pourri. Derrière la sacristie s'amassent des linteaux de pierre tombés des auvents des granges démantelées, des pierres tombales endommagées, des poutres de hêtre d'anciennes charpentes, des tonnes de sable. La stupeur d'un passant égaré près de l'église me fige. Je veux tout observer sans être vu.

Au village, ils se disent que je suis atteint d'une maladie mentale.

« Il est tout chose, notre chanteur, il s'enferme dans sa masure !

— La folie douce l'a gagné ! C'est la berlo... Si je vous le dis, c'est que je le sais !

— Et pis ça lui rapporte, toute cette comédie. En voilà de l'argent gagné bin facilement, ma foi ! »

Les jours trop courts font baisser la température de mon corps fouetté par le vent sec. Sylvestre hurle par-dessus le tintamarre des cloches pour ne pas s'assourdir. Champagne est sur le perron de sa maison. Il se pince le nez à la manière d'une statue qui s'anime.

« Boudi ! Mais qui c'est qu'tu veux faire de ce tas de merde près de ma chambre à coucher ? »

Son faciès vire au violet.

« Ça ne sent pas la rose et cette odeur de vieille pisse ferait fuir un putois ! Cette puanteur de porcherie vient encore m'emmerder dans ma retraite. Ne sais-tu pas, mon con de Parisien, que j'ai passé ma vie à curer les cochons ! »

Lorsqu'un bourru se met à balayer devant sa porte, c'est qu'il n'est pas bien méchant.

Champagne s'est mouché sans ménagement. Sa mauvaise humeur s'est évaporée dans l'alcool. À l'heure où le chant des rainettes s'accouple avec la nuit, il me dit d'une voix rouillée :

« Tu devrais t'en aller dire un bonjour à la Simone Planteligne. Elle est toujours de ce monde et grommelle que tu n'ailles point la voir. Et pis, démerdez-vous tous les deux ! »

Les matins de plomb s'épuisent. Au moment du passage du boulanger, ma curieuse petite voisine est déjà à l'affût de nouvelles fraîches. Elle s'agrippe à la barrière. Je dois repartir. Le chien refuse de bouger, il fait la gueule. Je traîne des pieds.

Pataud et son vieux père Auguste ont abattu l'arbre mort afin d'en faire du bois de chauffage. La terre est leur élément. Des étincelles nues s'échappent d'un feu de broussailles et se combinent à l'épaisseur des nuages. J'en ai terminé d'arracher les couches de papiers peints sur les plâtres des murs humides. Georges et Jo s'en moquent. Aussitôt débarqués, ces deux-là veulent déjà repartir par ce froid de colvert. Ils ont la tête chiffonnée et s'inquiètent de savoir où ils vont crécher. Georges dit :

« C'est assez vite ennuyeux, ces vallons qui se recoupent, cette dilatation du temps… »

Jo a planqué ses mains dans les manches de son pull. Champagne a poliment relevé sa casquette. Une trace brune apparaît sur son front. Ses rides sont profondément vivantes. Il me prend à partie, assure ne vouloir se rapprocher que de gens simples, des gloutons de fromages à l'ail cru comme lui. J'ai planté trois rangs de buis et termine le tracé nécessaire à l'emplacement de la charmille. Mes deux frigorifiés qualifient la maison de hantée. Jo m'ébouriffe. C'est l'automne.

« Quel bled ! Et ce silence... Dans quel bourbier tu t'es fourré ? Savais-tu que Cécilia a quitté Paris avec un militaire en retraite ?

— Où est-elle partie ?

— À Tanger. »

Les bras m'en tombent. Georges embraye.

« André Bézu ne veut pas venir, il déteste les pedzouilles. L'idée que tu puisses un jour t'éloigner de Paris lui fait dire que tu finiras en soutane sans rien dessous ! Sait-on que Damia, chanteuse illustre et adulée de l'entre-deux-guerres, est morte dans l'oubli d'un lit d'hôpital ? Personne pour lui tenir la main à l'instant de fermer les yeux. Les infirmières étaient médusées. J'étais venu affronter le hasard pour rendre visite à une de tes vieilles admiratrices mourantes qui n'a pas succombé ce jour-là. Une des infirmières m'a invité à passer de l'autre côté du rideau pour un dernier adieu à la grande chanteuse oubliée. »

Jo a le mot chevrotant, la gorge nouée. Les sensations éparses. La compassion languissante.

« J'ai vu la grande Damia, morte ! Le vernis à ses ongles rose sur ses doigts accrochés à la barre du lit. Ils l'ont abandonnée. Damia, morte seule. Chien de public ! »

L'impossibilité de pratiquer un langage commun. Les frileux s'en retournent à mon hôtel. Il règne un froid mordant. Je ressens la satisfaction d'être incompris. Ma besogne est en marche.

J'ai offert à mon voisin bourru une bouteille de sancerre rosé. Nous prenons l'habitude de nous retrouver dans son potager. Je connais sa perplexité de voir le presbytère remis à neuf.

« Il te faudrait trouver deux costauds pour planter des arbres fruitiers. Ce bout de terrain doit te profiter. Personne ne viendra dans ce bourbier pour rien ! »

La plante des pieds me brûle. Champagne s'est immobilisé. Il me révèle qu'il avait l'intention d'être facteur, mais sa timidité auprès de la gent féminine l'a conduit à travailler comme valet de ferme.

« À Sainte-Catherine, tout prend racine. Va-t-en falloir des sous et de l'huile de coude pour te débarrasser de la merde des autres jetée au fond de la mare ! »

Autour du ruisseau, un chien s'acharne contre les pies. Dans le bosquet d'arbustes, sa queue remue. C'est le mien. Ma maison est comme un bateau renversé. Le toit penche toujours vers l'avant, la crevasse dans le mur pourfend largement une partie de la façade. Je me focalise là-dessus. Pour qui devrais-je troquer ce paysage ?

À La Celette, la messe est dite le jour de la Saint-Blaise. On finit par m'appeler René. Du bout des lèvres. Des coups de fusil retentissent. Les oiseaux volent en grappes sous le ciel. Georges et Jo sont repartis. Je me plais à me fondre dans ce décor de brumes épaisses. L'air est acide, ça sent le chou.

Jeanne Buxières est chafouine. Elle me propose de partager gîte et couvert en contrepartie d'une discrète mensualité à lui verser.

« C'est mieux que l'hôtel, non ? » Une de ses chambres est libre. « Tu fais un peu partie de la famille à présent. Et puis, ça va nous faire une bouche supplémentaire à nourrir. Chez nous, un œuf est un œuf ! »

Je suis indépendant et préfère rester à la marge d'une famille qui se prétend être la mienne. De famille, je n'en ai pas eu et n'en aurai jamais. Dormir chez l'habitant n'est de toute façon pas dans mes dispositions. J'ai gardé quelques lointains écueils tenaces comme le parquet qui grince ou la crainte de réveiller la maison en tirant la chasse d'eau.

Il a gelé fort. Le tractopelle est entré dans la mare nauséabonde. Je suis impatient de la retrouver ravivée d'eau claire et couverte de nénuphars. Qu'on me fasse chanter là où l'on veut de moi tant que les terrassiers creuseront les canalisations utiles à la conception d'une fosse septique. Suis-je en effet gagné d'une folie douce ? Certainement. L'écho se propage, à des kilomètres à la ronde, dans leurs maisons natales. Des maisons de sobriété, d'austérité, de candeur, de force. Et peut-être d'amour, d'amour de Dieu.

Sa bêche dans les mains, Champagne joue du sourire :

« Si tu trouves le Veau d'or, on se partage le butin ! Tout le village est bourré de sous-terrains. Aussi vrai que je ne pourrais pas me passer de tabac gris ! »

Il ajoute qu'au temps des seigneurs le village vivait sous la terre et que le trésor planqué pourrait faire prospérer mon patrimoine.

« Demande à la vieille Simone, elle pourrait t'en raconter sur le magot des catacombes ! Elle en a caché dans ce trou, du juif et des jambons pendant la guerre. Comprends-tu c'que j'te dis ? »

Le démon me prend. Je sonde le sol, piétine le moindre recoin de ma propriété dans une sorte d'extase mystique. Les curés qui se sont succédé dans cette maison vont finir par me rendre raison.

Un encensoir en argent massif, orné de fleurs de lys et déniché au fondement d'une cave, m'a poussé dans mes retranchements. S'engouffrer par le puits jusqu'aux profondeurs du pigeonnier. Ramper comme un lézard. Briser des ossements rongés de mes ongles terreux. Je suis l'invincible résurrection par-delà le monde des vivants. Pourquoi ne me l'avait-on pas dit lorsque j'étais enfant ?

Mes pieds foulent la terre de sable rance. Des crânes humains gisent sur la carcasse d'un animal, un âne nain apparemment. Superstitions et maléfices s'entrechoquent dans mon esprit troublé. Je dois me trouver à trois mètres sous terre. Risque d'éboulement. À quatre pattes, je côtoie la démence aux confins des voûtes de pierres blanches, des ombres floues, des arcades torsadées. Odeur de malédiction. Ramper plus vite. À ce jeu interdit, le fantôme de mon géniteur pourrait surgir et hanter à nouveau mon existence.

Au bout du souterrain, l'eau entaille la roche, passe une lame de jour. Un écrin de lumière m'a brouillé la vue quelques secondes. Sur l'autre versant de la vallée du Grand Meaulnes se dévoile l'étendue de la forêt de Tronçais. La décharge abonde d'immondices, l'armature d'un réfrigérateur s'accroche aux branches d'un noisetier, le papier toilette se désagrège dans l'eau claire de la fontaine. J'ai mis les deux pieds dans la merde. Nulle destinée dans les ténèbres. Le Veau d'or n'est que chimère.

La nuit tombante, la chouette circule autour des toits. Elle hulule au mépris de toute retenue.

Je l'ai baptisée Yvette. Sous le hangar d'une ferme, un homme manie sa clef à molette. Il feint l'indifférence au moment où je passe. Le café est déjà fermé. Traverser décembre dans ce bled à proximité d'une église dans laquelle les prières se font rares me laisse un court instant perplexe. L'abbé savait venir au secours d'autrui. Je balaye les feuilles mortes sur sa tombe. C'est mon obole pour l'avoir séduit tel un sauveur. J'entends sa voix :

« Que fais-tu là, René ?

— Tony, je suis venu te dire bonsoir. »

Un matin, le maçon se présente, l'humeur chantante et son commis Félix dans la brouette.

« *Ma vie sera la tienne, Méditerranéenne.*

— *Y'a danger pour l'étranger* », enchaîne Félix.

Bertrand, gaillard aux muscles saillants et au regard mat, a pris le chantier à bras-le-corps dans un joyeux ricanement.

« Votre vieille masure a de beaux restes. Un peu comme mon ex-femme ! »

En deux jours, l'échafaudage de ferraille a encerclé la maison. Pas de tutoiement de sa part. Je lui demande s'il connaît bien la région.

« Tout le monde parle de tout le monde par chez nous. Dans nos coins paumés, on se répand sans savoir ! »

Félix a ôté les portes de leur embrasure et des placards. Ils ont abattu les cloisons, dressé des étais dans les pièces, classé la pierre tombante par petits tas. J'explore les gravats à la loupe. Félix les extrait avant de remplir ses brouettes. De retour à mon hôtel, le canal du Berry se rétrécit dans diverses nuances mordorées. Sur la place, toujours les guirlandes de Noël emmitouflant les platanes dépouillés. J'emprunte l'escalier qui mène à ma chambre, tergiverse entre me poser à mon bureau ou allumer un petit poste de télévision en noir et blanc vissé sur le mur. Je préfère épouser une idée d'avenir, calé dans mes oreillers.

Vidé de son passé, le presbytère ne possède aucun angle mort. Au lever du soleil, un rayon se propage à travers la lucarne et transperce au coin des portes comme une flèche de feu d'est en ouest. Dieu y aurait-il fait naître le jour jusqu'à l'heure du coucher ? Bertrand pousse Félix à accélérer son mouvement. Il élargit le champ de ses objectifs matinaux et dit que Champagne est un ivrogne. En cas de météo propice, il chante des chansons de mon répertoire dont j'avais oublié l'existence. N'omettre aucun détail matériel m'accapare. Des achats urgents : des bottes en caoutchouc, de la corde de chanvre, un marteau, des clous. Du travail de goujat vite fait, Bertrand n'en veut pas. La pierre mouillée à l'éponge absorbée dans le mur, le maçon ramène délicatement un excédent de ciment blanc sur sa palette.

« Soyons plus réaliste qu'un roi ! Ça prendra du temps de la rajeunir à l'ancienne. »

Sa truelle replonge dans le sable et la chaux.

Un tuffeau arraché aux fondations d'une maison abandonnée près de Saumur est devenu le support qui portera la rambarde de l'escalier branlant. Bertrand charge le lourd linteau de pierre d'un auvent sur des petits rouleaux de bois. Il le porte à son épaule, s'amuse de sa posture de compagnon.

« L'esclave du pharaon, c'est moi. »

Le bruit de sa respiration s'accorde au frôlement de son froc. J'ose y aller en douceur et sans trop de précision.

« Oh la belle, elle est fragile comme un lys !

— D'où vient-elle ?

— Quelqu'un l'a déposée pour moi sur l'autel de l'église. On y a gravé deux vers d'Arthur Rimbaud. »

La pierre a failli m'échapper des mains. Le hasard ranime mon étourderie et l'objet peut prendre place au-dessus de la porte d'entrée. Il la pointe vers le bas.

« Rimbaud ? Rimbaud ? Un de mes potes de chantier s'appelait Rimbaud. »

La maison se peuple de mes trouvailles. La tête de bouc borgne et taillée dans un silex s'est logée entre les quatre colonnes de la cour. Félix transpire sans boire une goutte d'eau. Il a de l'endurance dans son bagage.

« Je n'aime pas le travail mal fait. »

Il glisse cette remarque en maniant les deux fossiles rapportés de Palmyre.

« Pousse, Félix, encore quelques millimètres ! Là, c'est bien. »

Le jeune taiseux a centré le cadeau des musiciens de Wazar dans le mur, au bas des fenêtres de ma future chambre.

« M'en faudra encore rouler, des brouettes, avant d'atteindre le dernier pignon sur la toiture ! »

Le boucan des cloches qui annoncent midi ne décourage pas les pigeons de roucouler sur le toit délabré.

Dans le couloir de l'entrée, les murs tout neufs s'élèvent haut. J'expose à Bertrand l'objet précieux en provenance du temple de Baalbek. Il saute à pieds joints de son échelle. Son souffle s'entremêle à sa voix horrifiée.

« Jamais ! Alors là, ça, jamais ! Jamais je n'irai enfouir cette pièce ciselée par les mains d'un barbare ! Ce serait, comme qui dirait, profaner mon travail, et manquer de reconnaissance à mes frères compagnons qui ont bâti cette maison. »

Je dépends de son bon vouloir et n'éprouve que le désir de traverser le mur comme Cégeste dans *Orphée*. Disposé à négliger toute exigence morale, il a ingurgité un litre de mauvais vin. Bertrand serre fermement les poings et force de sa robustesse pour enchâsser l'antique pierre du temple romain dans le foyer de la cheminée XVIIIe. Sa journée achevée, souvent le maçon rentre saoul et avec l'assurance du travail accompli.

Jour de pluie drue. Quelqu'un frappe à porte entrouverte et entre dans un même élan.

« Bonjour, c'est Alexandre Bazin. Vous souvenez-vous ? Nous nous sommes croisés à la mairie lors de la vente. En voilà un chantier ! Mais c'est que vous êtes extrêmement doué, ça va être chouette lorsque les travaux seront terminés ! »

Bazin bégaye un mot sur trois et me détaille telle une apparition.

« Personne de la commune ne risque de vous déranger. On est tellement fiers de vous avoir avec nous ici.

— Est-ce un ordre de monsieur le maire ?

— Peut-être bien… Ici… On dit que vous êtes étrange, que vous vous promenez seul et ne fréquentez personne. Que ça doit cacher quelque chose, c'est ce qu'on dit ici. Ou que vous êtes malade… Oui, on dit tout ça !

— Je n'ai plus rencontré monsieur le maire depuis les obsèques de l'abbé et croyez bien que je le regrette.

— Ma femme est fan de vous. Nous élevons des chèvres derrière le taillis des Chauvais. Vous voyez, là-haut, où nichent les mésanges. Signez-lui un autographe, elle est si jeune et je l'aime tant… C'est aussi le titre d'une de vos chansons, n'est-ce pas ?

— C'est à quel nom ?
— Églantine. »
Alexandre Bazin est reparti l'air ravi avec ma photo glacée entre ses doigts rugueux.

Dénicher la pierre rare me hante. Tant que le maçon maçonne, j'irai briser les maléfices, piller sans vergogne au pied des églises, abbayes, cathédrales, et acquérir ventre à terre un morceau de gargouille. Ce sésame, je le planquerai au fond du sac sous le museau de Sylvestre.

J'appréhende toujours la présence des épouses de mes musiciens à mes concerts. À Deauville, Laurent, le batteur, ne fait rien pour cacher sa mine patibulaire et son humeur belliqueuse.

« C'est pas possible, ça swingue comme un orchestre japonais ! »

En proie à une jalousie maladive, sa femme a des soupçons sur les intentions de la compagne du pianiste. Des clins d'œil apparemment échangés au cours d'un dîner de gala au profit d'une association. À table, on me prend à partie et me reproche d'en savoir trop. Ou pas assez. Il se dit que je ne suis ni avenant ni conciliant. Pourquoi me mêler à l'embrouille de femmes trompées que je connais à peine ? Au petit déjeuner, on m'a prié de la boucler. Les épouses s'agrippent à des formules véhémentes comme des nymphes affamées. Des cris de furies fusent. Les hommes n'interviennent pas. Je ne peux juger de leurs corps figés ou de leurs statures uniformes puisqu'ils portent tous le même blue-jean.

Les déboires de la veille empiètent sur le matin. Au bout du quai, une nouvelle salve de noms d'oiseaux. Je n'ai plus d'orchestre.

Huit ans d'une belle histoire qui dérive. Me séparer de mes musiciens s'apparente chaque fois à un déchirement.

Mais réunir une nouvelle formation est aussi une promesse. Il me faut retrouver d'autres automatismes, m'adapter au jeu de chacun, affirmer qu'il est virtuose quand bien même il ne l'est pas, lui répéter qu'il est indispensable dans la mosaïque.

La revisite de mon répertoire sous les sunlights du Forest National à Bruxelles inaugure des lendemains engageants. Mais, d'une ville à l'autre, les applaudissements ne se ressemblent pas.

La jeune équipe et moi arrivons au Québec en confiance, avec un contrat d'artistes pour deux représentations au théâtre de la place des Arts. Trahison éhontée de l'organisateur : le syndicat des musiciens du Canada n'accorde aucun permis de travail aux « maudits Français ». Nous sommes bouche bée. Montréal, je me déteste de t'avoir si peu connue. Sur les bords du Saint-Laurent, la tête entre mes mains, je me suis juré de ne jamais revenir chanter au pays des hivers souriants.

Au fil des tournées, mon Alfa Romeo penche vers l'arrière, le coffre chargé de pierres insolites. Les soirs de pleine lune, de la crispation. Ne pas céder aux larmes. Les attouchements subis enfant me remontent jusqu'au cuir chevelu et glacent la totalité de mon corps. Les grosses mains de l'homme mûr qui m'empoignaient dans la nuit tiède, près d'un réverbère éteint, brouillent mes yeux comme des candélabres. En Arles la Romaine, j'ai extrait une roche jaune ciselée et gorgée d'eau. À Foix, le long des fossés, je n'ai récupéré que des morceaux de brique rougeâtre. Sur les remparts de Carcassonne, un résidu s'effrite au vent mauvais, juste à l'angle de la haute muraille. Un empereur libérateur a déposé une pierre gravée d'un glaive sur la tombe de l'un de ses glorieux soldats. Sur quel mur porteur vais-je déposer ce silex issu d'un village du Moyen Âge laissé à l'abandon aux environs d'Alès ?

*

Morgat. La scène est montée devant la supérette. Pour décor, une voile marine flottant dans le crachin fébrile. Applaudir lorsqu'on tient son parapluie d'une main n'est pas aisé. Pas de fusion ni d'effusion entre le petit millier de Bretons attachés à leurs racines celtiques et le chanteur latin. Sézar, le saxophoniste cubain, me glisse une remarque en buvant une bolée de cidre.

« La fête de la Musique une fois l'an, en voilà une bien mauvaise idée. Chez moi à La Havane, la fête, c'est toute l'année. »

Sylvestre câline l'argent liquide de mon cachet au fond du sac. Je n'ai pas ramassé le fœtus de grès rose tombé au pied du calvaire. Il se fait tard. La Bretagne s'en fout.

Le chemin est boueux. À l'horizon, le mur bruit sur les rivages de la presqu'île isolée. À défaut de trouver une chambre d'hôtel disponible, je me résous à dormir en l'abbaye de Landévennec. La porte grinçante s'est ouverte lentement. L'homme aux boucles blondes m'accueille bras nus. Je lui dis d'emblée ma gêne à coucher chez l'habitant. Son maillot de corps le rend sexy.

« Bienvenue, mon fils. Je suis le père Victor.

— Morgat ne m'aura pas laissé au cœur une soirée mémorable.

— Entre ! Le tout, mon fils, n'est pas de raconter sa propre histoire. Encore faut-il qu'elle arrive au bon moment. Vois-tu ces arbres qui s'échappent au fond du parc sous le ciel noir ? Va-t'en plonger tes yeux d'enfant dans ce décor ! Après, tu vas bien dormir. Demain il fera beau. »

Le petit bois de pins recouvert d'un tapis d'aiguilles vertes laisse s'épandre une odeur d'épices. En contrebas, les bateaux dansent sur l'eau de rouille dans un bruit violent de fer. La nuit pénètre les murs blancs de ma cellule. J'ai bu la camomille, me suis étendu sur la paillasse et enroulé dans un drap rêche. Un croissant de lune se dessine à travers la lucarne. Au réveil, le père Victor tient à ce que je reste déjeuner. Il est curieux de moi. Cet homme, entièrement myope, affiche des lunettes bombées comme des hublots. Sous les verres, des yeux vifs qui pétillent. Le potager absorbe presque l'intégralité du parc. Je m'assois sur la balançoire pendue au paulownia.

« Alors comme ça tu nous enchantes toujours. C'est bien toi, l'ami de feu père Angrand ! Un saint homme, cet abbé-là. Nous avons beaucoup échangé par correspondance sans avoir l'occasion de nous tendre la main une seule fois. Avait-il encore de la famille ? Le sais-tu ?

— Deux cousins éloignés et belges. Je crois qu'ils... »

Le père Victor a décidément l'intérêt de tout savoir. Ses questions m'interpellent moins que la voracité avec laquelle il ingurgite une pleine casserole de moules marinières. Il enchaîne en demandant si la chanson me permet de vivre, demande le nom de mon imprésario. Je lui parle du miracle de ma mère retrouvée dans un taudis de Montreuil, confie mes chagrins et avoue que mes économies partent dans la rénovation de l'ancien presbytère.

« En veux-tu ? As-tu faim ? Tu ne manges pas ?

— Non merci, mon père. Ce parfum d'oignon et de vin blanc est attirant, mais je suis allergique aux fruits de mer. »

Mon chien aboie, me lèche le cou. Signal démonstratif de sa faim de loup. Sylvestre est l'astre-dieu. Le déclic survient : les prêches de l'abbé Angrand conservés au pigeonnier pourraient trouver refuge à l'abbaye. J'ai pris une photo du père Victor afin de l'amadouer.

« Pendant plus d'un demi-siècle, l'abbé a rédigé à l'encre de Chine la vie paysanne.

— Où sont ces écrits ? Où les avez-vous trouvés ?

— Chez moi, enrobés de papier de soie dans des cartons. Ils sont au pigeonnier et j'ai tout annoté, année par année. »

Un papillon blanc vole au-dessus de sa tête.

« J'ai envoyé missive sur missive à d'éminentes personnalités ecclésiastiques. Aucune d'entre elles n'a daigné répondre à ma requête.

— Pour les avoir étudiés, je connais bien les écrits du père Angrand. C'était un grand théologien avisé et très apprécié par nos frères de la sainte Église. Appelle-moi Victor !

— L'Église d'aujourd'hui est bien trop patriarcale pour entendre la voix de ses humbles disciples d'hier.

— Quelle arrogance ! Combien il y en a ?

— Quinze mille feuillets environ.

— Non. Combien de cartons ?

— Je ne sais pas exactement. Ce n'est pas de l'arrogance, Victor, d'exprimer son désarroi à l'encontre de ceux qui sont chargés de conserver notre patrimoine. C'est plutôt la valse des plateaux de petits-fours de préfectures en ministères qui les intéresse !

— Quel poids font les cartons ?

— Je n'en ai aucune idée, Victor. »

Impossible de chiffrer le temps de durée de son extase.

« Fixe un point et imagine que quelqu'un t'attend. C'est toi qui porteras les écrits de l'abbé à Rome. Je te nomme messager, Dieu le veut !

— Vous voudriez-vous que je fasse quoi, mon père… Victor, pardon.

— Nous nous devons d'avertir le Vatican des bienfaits de ce saint homme pour l'humanité. Je m'y engage !

— Mais de quoi me parlez-vous, Victor ? »

Il s'abandonne dans sa foi d'homme joliment musclé. Ses sourcils convergent lorsqu'il cherche un mot qui lui échappe.

« Nous, serviteurs de Dieu, nous avons le devoir de nous efforcer à ne jamais occulter les différences et les cultures du monde. Sinon, cela pourrait provoquer un incendie. »

Il se met à marcher d'un pas autoritaire.

« Désormais ce bien appartient à l'Église romaine. Combien y a-t-il de cartons déjà ? »

Il me regarde décortiquer mon merlan grillé.

« Tu as un appétit d'enfant de chœur. »

La lune bleue se reflète dans l'eau rouillée du cimetière des bateaux. Sans lui demander sa permission, je vais emporter un de ces gros cailloux gris-mauve en bordure des allées. Victor fait tournoyer la boucle de ses cheveux soyeux. Son flux de paroles déplore l'avilissement des âmes, la mort des sentiments, exprime son abjection pour la guerre et la corruption. Un léger vent tiède s'enfile à la cime des peupliers. Il faut prêter oreille pour distinguer dans la chapelle les plaintes des prières de voix humaines. L'abbaye s'enrobe dans l'air moite.

« Quel poids font les cartons ? »

Je ne le sais pas plus que tout à l'heure.

« Je t'en prie, reste dormir cette nuit. »

L'aube est orange. Un parfum de fleurs de kiwi embaume le cloître. Les moines prennent leur tisane au lait au réfectoire. Un homme à barbe blanche me salue.

« Père Victor est au marché. Il vous écrira. »

À la sortie de l'abbaye, j'ai la conviction que Paris ne me rattrapera pas.

Paulin m'écrit de sa cellule des Baumettes. Il ne travaille plus qu'avec sa tête. Je l'ai toujours connu conscient, apaisé, le calibre collé contre sa poitrine. À ses interrogations, je dois deviner que la fatalité s'en prend à lui. Aucune révélation sur le motif ou la raison de son incarcération. Il est de ceux qui préfèrent les bienfaits de l'air libre.

« La prison, c'est l'asile ! Le matin, il faut se raser les poils de la bite pour s'assurer qu'on est en vie. Si tu as le malheur de lancer un mauvais mot, c'est la guerre ! »

Paulin a le mérite d'injecter l'absurde de la réalité carcérale à ma vie ordinaire. Mon métier le fascine. Il dit son espoir de me retrouver autour du piano. Chanter *Rêveries*, seulement pour lui. Nous échangeons nos émotions procurées par les chansons qui s'emmêlent et se défient à l'infini.

« *Ma liberté* de Serge Reggiani... Cette chanson me prend aux couilles ! »

« C'est l'œuvre de Georges Moustaki, paroles et musique. »

« Reggiani la chante mieux. »

« Les deux la chantent bien, l'ami, les deux ! »

Je relis son désir de retourner vivre sur les rives du monde civilisé de sa Corse natale, son rejet de la mauvaise nourriture, des fouilles au corps et des promenades trop courtes. J'émets un petit rictus lorsqu'il se met à dérouler les amabilités lancées entre prisonniers d'une cellule à l'autre.

« Nique ta mère ! »

« Je veux sodomiser Mireille Mathieu ! »

Il s'établit entre nous une morale décomplexée et pour laquelle l'intimité déplace les faits.

« Vingt ans pris pour deux ou trois meurtres de droit commun. Nos grands voyous de la première division gardent le poing fermé envers les violeurs d'enfants. »

La même lettre dit encore :

« Le gang du quartier du Panier s'est frité samedi avec la branche molle des Arabes. (...) Ce groupe NTM a un goût de mauvaise bouillabaisse. Les entendre à travers les barreaux me fait l'effet d'un fracas de bruits de bottes d'une chorale de guerriers nazis ! »

J'imagine la crispation de ses lèvres au moment de l'appui de son écriture. Si je l'aime comme un frère, Paulin ne sait pas grand-chose de moi. J'ai consciemment recours à mes défenses psychologiques. Je lâche juste quelques réflexions concernant ma profession.

« Le chanteur, s'il tient à le rester, doit se couvrir de gentilles lâchetés. Confronté à d'enivrantes situations, il lui faudra égoïstement adopter un vrai comportement de salaud pour devenir superstar (...). Emprunter le style d'un autre artiste m'est interdit (...). Je préserve ma part de féminité. »

Il aborde un sujet qui ne cesse de le titiller.

« Les Carpentier ne sont toujours pas décidés à offrir un show avec ta frimousse ? »

« Les Carpentier me détestent, ça me déprime. Jamais ils ne m'engageront. Je connais la raison. »

« Laquelle ? »

« Cela ne peut avoir de valeur pour moi que si je garde le secret confié par Daniel Cordier. »

Sa nouvelle lettre hebdomadaire évoque son respect pour les anciens. Des mots à foison et des pensées au vol me laissent dans l'incapacité de le réconforter. Je lui détaille succinctement une trace de mon passé en exil.

« Je fréquentais alors les bars mal famés d'Acapulco, là où le milieu mexicain tient ses assises dans le quartier de la Madone, là aussi où les belles de nuit font les cent pas. J'y ai connu Sandro, dit l'Ogre, un dur. Il possédait tous les trottoirs en plus d'une grande culture mystique pour envoyer ses belles au tapin.

« J'ai rencontré sa sœur, professeur d'histoire ancienne, je l'aimais ! C'est tout pour aujourd'hui. Prends soin de toi. »

Paulin redoute la souffrance de sa mère de le savoir incarcéré. Il saute d'une idée à une autre, les coups reçus par un grand frère sans pitié, la vie en cavale, ses souvenirs en forêt d'Afrique, ses expérimentations sexuelles dans les plantations de café. Mes questions mériteraient clarification. Elles restent sans réponse. Je suppose qu'il a buté quelqu'un. Paulin sort de gros jurons et des échappées existentielles pour ne pas m'effrayer.

« Putain de sort ! Le mistral s'est levé. Il ne s'agit pas de savoir ce que l'on veut faire de sa vie, mais de savoir si on en est capable. »

Traverser l'Italie à raison d'une ville par jour ravive mes veines endolories. Ici, la terre. Je lui dois mes fulgurances excessives d'auteur de chansons. Happé par l'esthétisme homogène de ces lieux, je pourrais y dépenser tout mon fric. Turin puis Bergame. Le public chante mes refrains en français et me pardonne mon piètre accent italien. Une élégance vestimentaire le distingue aisément de la masse de touristes voraces venus flasher l'illustre patrimoine. À Vérone, les musiciens sont campés à l'hôtel pour jouer à la belote. J'en profite pour amasser quelques petits cailloux ciselés au pays de Dante. Les joliesses de Florence dévorent mes sens. Vivre en Toscane serait dans mes cordes. Les étendues vallonnées s'assimilent à celles du Berry par ce froid bleu. À l'hôtel des Voyageurs, le jeune homme gracile comme un cygne s'est approché du piano.

« Est-ce toi qui as composé tout ça ?

— Composé quoi ?

— *Rêveries, Capri*… Je suis allé te voir hier soir. Bravo pour l'intensité… Et la sonorité du piano ! »

Un rire d'adolescent pervers ponctue sa phrase. Il glisse ses doigts fins sur ma nuque. Je ne peux que hocher la tête de peur de le perdre de vue. Le geste sensuel semble faire partie de son mode de communication. Je ne me projette pas avec plus jeune que moi. Dehors, la lumière brille sur tant de chefs-d'œuvre. Michel-Ange aurait-il peint les anges afin que l'humanité ne puisse jamais dormir ?

Naples sent la friture et le benzène. Au loin, mon île est réalité. Toto Cutugno me complimente. Nous dînons dans une cahute flanquée d'un petit embarcadère. Interpréter *Capri* sur le port, c'est mon grand frisson intérieur. Un rêve plus vivant que la vie.

Je me suis départi de mon maquillage pour aller converser avec les madones immobiles et gardiennes des tabernacles d'or. Mon cierge s'est éteint. Le spectre de Lalla se dresse devant moi. J'ai peur désormais d'aimer et de l'être en retour.

En région de Sienne, l'immensité du paysage apparaît à l'abandon. L'ocre des façades s'éprend de moi dès l'apparition du soleil matinal. Une bise chaude laisse frétiller le linge étendu sur les balcons.

Gênes, dernier spectacle consommé. Je termine ma tournée italienne en lambeaux devant toute cette ardeur en beauté, ces statues aux regards esthètes. Aucun autre pays au monde ne m'a autant attiré dans ses filets. Aucun autre pays au monde ne m'a autant donné envie de me célébrer en chansons.

Le salon rive-gauche est infesté d'un mélange de parfums. On signale ma présence. Yves Saint Laurent entre par la porte vitrée à pas lents, remonte ses lunettes et pose aussitôt ses mains sur mes épaules. Il parle bas avec un léger zozotement traînant.

« Excellent choix, vraiment, que ce velours de soie pour un smoking. Le noir flatte la ligne, c'est chic et ça accroche la lumière. »

Je me suis haussé sur la pointe des pieds afin de paraître plus grand.

« Monsieur, j'aurais besoin de deux smokings pour octobre. Pendant que l'un se repose, l'autre travaille en scène. Je transpire beaucoup. Viendrez-vous m'entendre lors de la première au Théâtre des Variétés ?

— Je vous ai vu l'été dernier sur la scène du Sporting de Monte-Carlo, j'étais en compagnie de Loulou de la Falaise. Nous avons apprécié le tour de chant. Comme toutes ces dames qui vous aiment tant ! »

Yves Saint Laurent est animé par les silences et par une flamme incoercible.

« Un ou deux boutons ? Disons qu'un seul, c'est l'élégance. Nous ajouterons un liseré de satin noir aux rebords de la veste et des poches. Chiche ? Monsieur est un romantique !

— Chiche ! »

Je me sens raide comme un passe-lacet. Le tailleur aux cheveux mordorés note les remarques sur un cahier à spirale. Il fume une Gauloise bleue sans filtre. Ses mains soyeuses longent mon corps statique. Saint Laurent balaye du regard ma silhouette dans le grand miroir au cadre d'argent et arrache brusquement la manche droite de ma veste.

« Ajustons au corps, monsieur est mince ! Et il faudrait aussi redresser le col ! »

Je m'en remets à lui. Le couturier esquisse un sourire discret en guise d'au revoir et s'incline légèrement.

« J'allais oublier. J'ai un bonjour à vous transmettre de mademoiselle Tcherina.

— Comment se porte-t-elle ?

— Une sirène, une taille de guêpe. »

Saint Laurent s'en va. Le tailleur italien se félicite en joignant ses mains. Je lui plais.

« L'avenue Marceau le retient. Le maître ne se déplace que très rarement dans le quartier de Saint-Germain. Il vient place Saint-Sulpice pour saluer les dames de petites mains. Il doit beaucoup vous apprécier, cher monsieur. Je ne l'avais encore jamais vu pointiller autant de détails sur le smoking d'un artiste. »

Le même soir. Il y a quelque chose de céleste dans mon admiration pour Laurent Terzieff. Je viens de l'entendre dire Brecht devant une trentaine de spectateurs. Son magnétisme, ses gémissements qui écrasaient les tréteaux, son intensité dans le regard, ses silences ont rayonné superbement d'exigence et d'abandon. Au café Vavin, la sueur lui ruisselle encore dans le cou. Il a déposé sa serviette de cuir fripé sur la table. Son feutre à larges bords protège son haut front encore fardé. Un bref éloge de ma part. Il m'invite à partager un demi-Vittel sans savoir qui je suis, évoque Pirandello, certifie qu'il finira par le jouer. Le spectateur, c'est moi. Pour une fois. Laurent Terzieff hausse souvent les épaules. Les traits de son visage émacié s'étirent davantage en évoquant le proxénétisme. L'écho de la profondeur de la pièce à venir ne cesse de faire des allers-retours en lui. Une jeune femme fait un signe derrière la vitre. Il la regarde. Sa voix profonde me questionne :

« Le pire serait d'être blasé, n'est-ce pas ? »

Frénésie incessante de la promotion. Tenir la barre. Sauver la face. Quelques déclarations intimes. Les édifiantes étapes de mon parcours vallonné rassurent les amateurs de petits scandales pendant que d'autres déplorent la simplicité de mes mélodies. Les plus vils m'improvisent séropositif.

Au Théâtre des Variétés, une dame âgée s'émerveille en entrant :

« Tu vois, ma fille, toutes ces petites ampoules ornées d'or au balcon ! »

De la scène nue, je les aperçois par le rideau entrouvert.

« C'est magnifique ! Nous allons peut-être manger des pommes de terre pendant un mois, mais nous allons voir chanter mon chanteur d'amour. »

Les murs de ma loge sont recouverts de moire pourpre. Jean-Paul Belmondo m'a décoré de l'Ordre national du Mérite. Quelques amis fidèles. Le directeur du cabinet de l'Élysée prétend que le président Mitterrand garde un œil sur moi. La bonbonnière si marquée par le triomphe de l'œuvre d'Offenbach affiche complet. Yves Saint Laurent est présent au soir de la première. Ma voix est prise d'émotion à l'assaut du public. En scène, je suis moins dans la démonstration. Passer pour un dandy est une alternative flatteuse. On me ramène à ma loge. Le miroir me renvoie deux grandes rides au milieu du front. Dans les couloirs étroits, ça se guette et on entame des conversations peu concernées. Vacarme insupportable. J'opte pour rentrer à pied à l'appartement. Mon pas va au rythme de mon bonheur passager. Me prendre au corps dans la lumière des phares qui ondulent sur les Grands Boulevards, c'est une action toujours aussi fascinante. Il se dit en ville que j'aurais acquis davantage de style et de hauteur.

Place de la Concorde, au soir du troisième jour, une Rolls Royce me suit à faible allure. Au tournant de l'avenue des Champs-Élysées, le conducteur ouvre son carreau. J'objecte :

« Monsieur, je ne suis pas un tapin ! »

Monté sur un roulement à billes, j'accélère la cadence. L'artiste est partout. Seul dans sa tête.

Balade en forêt de Tronçais. Le soleil poudre d'or les futaies d'arbres. Un livre à relire à la main, je fais le point sur mes projets. Sylvestre enfonce sa truffe au creux des terriers. Les avions laissent mourir une traînée de fumée blanche sur la route du ciel. Je repense à ce grincheux abbé Angrand qui bénissait tout sur son passage et pourfendait le ciel d'un signe de croix. Certain qu'il m'en collerait une si j'en venais à me plaindre ou à ne jamais ouvrir les portes de ma demeure berrichonne. Les allées s'ocellent de taches d'ombre où les marcassins s'offrent à la vue du promeneur. Passade achevée. Ce récit me ramène trente ans en arrière. Alger est définitivement une des grandes affaires de la vie d'Albert Camus. Le temps est intraitable sur mes désirs. En fin de floraison, les bruyères prononcent la morte saison. Un chêne va mourir asphyxié. Le lierre se faufile sur ses branches malades jusqu'à la cime. Pincement au cœur. J'ai mal.

Le XXe siècle s'essouffle. Un bouvreuil boit de l'eau de pluie sur la terrasse. Les travaux avancent en douceur. L'attente est transitive. Elle s'oppose à ma patience. J'aimerais habiller ma maison au plus vite, pouvoir allumer un feu de bois vert avant l'arrivée des giboulées et que les vents violents ne viennent décrocher les bâches provisoires sur le toit. Les outils de Bertrand traînent sur les planches d'échafaudage. J'ai payé des sacs de ciment qui se sont crevés et s'égarent désormais sur le sol humide. De vieux os d'animaux noyés dans la boue se sont amassés au pied des étais. Je n'arrive décidément pas à me rassurer lorsque je passe sous les palans.

Le tapis persan a pris la poussière. Ce cadeau de la Shabanou aura survécu à la mort du Shah et aux centaines de brouettes de gravats que Félix aura fait rouler dessus. J'attends l'électricien pour ajouter des prises de courant dans la cuisine. La table s'encombre de factures. Mon tee-shirt fétiche en guenilles, rapporté d'une croisière aux Caraïbes, me lâche.

Derrière la sacristie, le monticule de pierres a nettement diminué. Le fond de l'étang est si clair que je peux m'y refléter. Bertrand redresse le dernier linteau de bois de hêtre sur la monture d'un chien-assis afin d'ajourer le grenier. Agile tel un funambule sur la corde distendue, il chante.

« *À toutes les filles que j'ai aimées avant…* »

La nuit, l'ombre du clocher danse sur le toit de toile. Des nuages transparents révèlent la splendeur de ma maison. Elle embellit.

Au café, ça pue la sueur. Je suis piqué de ne pas encore être accepté. Les conversations se réduisent à des considérations météorologiques. Des regards furtifs, une parole gênée. Je suis l'étranger. La vedette.

Les Buxières n'ont pas l'intention de pousser ma porte blanche. Il n'y aurait pourtant qu'à traverser la rue. C'est moi qui traverse.

La bru ne déborde toujours pas d'amabilité.

« Alors ces travaux, ça avance ? »

J'entre pour me dépouiller de la crainte que l'on s'ouvre à moi. Je suis un des rares invités à partager le pâté aux patates à leur table. Mêmes sujets abordés : santé, disgrâce, rendement, fiançailles, jardin, qualité du blé, temps qu'il fera demain ! Ils ne s'intéressent à la discussion que lorsqu'ils parlent d'eux-mêmes et des 300 hectares de la propriété. J'avance ma volonté d'acquérir une bibliothèque en bois de noyer massif. Je parle dans le vide. Les petits-enfants se goinfrent de tartines au Nutella et grossissent des joues.

Jeanne me cède une demi-douzaine d'œufs au prix touristes quand le patriarche revient sur sa guerre. Il la fractionne par épisodes, délaisse son assiette, rit à outrance, frappe du poing sur la table. Silence.

« Prisonniers, on n'était pas mal traités aux travaux de la ferme et bien nourris par les Boches. Il suffisait juste d'accomplir correctement son travail ! »

Je le suis dans la cour pour causer avec le pépé. Il ne rechigne pas à la tâche. Rien ne lui importe d'autre que d'œuvrer pour le travail restant. La vrombissante machine meule la farine de poisson.

« C'est nous, les paysans, qui nourrissons le monde ! »

L'haleine chargée de gnôle de pomme, Pataud, le fils, ne lâche que des bribes de mots. Il continuera de répandre un engrais devant mes fenêtres ouvertes.

La rudesse de l'apparente douceur de mes hôtes m'incite à me replier vers la grève. J'erre dans les bourgs voisins. Pas d'effet de surprise. Tout est resté conforme au temps des chevaux. À La Perche, j'ai fait un saut à l'épicerie pour acheter de la toile émeri. Vieille fille droite comme une patronnesse, Hortense tire sur la corde, étend son drap et esquisse un signe de tête apeuré. Orpheline, par cette posture, elle semble me dire : « Je suis une des vôtres. »

Il a gelé à pierre fendre sur le fleuve. Le ciel est de nacre. Le cri aigu des passereaux transperce l'air mordant. Sur le chemin, Sylvestre repart à l'assaut des renards. L'hiver est sourd, la terre fume. Mon attachement à la région s'accentue. Devant les arènes en ruine de Drevant, je me hurle dessus. Des pierres plates sur muraille issues du camp de César vont s'introduire dans mon chantier en suspens. Je délaisse légèrement mon métier. Mes rêves sont interminables et vifs. Celui de l'enfant bleu au sein d'une famille nombreuse me saisit. Un enfant qui épingle des cartes postales sur la corde à linge dans son château inachevé. En haut des marches, nous avons dégusté des oranges acides. Tous les autres ont fait la grimace. L'enfant bleu a chanté fort dans les interminables allées d'ifs taillés en œuf.

Je m'attarde dans la ferme aux bâtiments gigantesques des Chaudillons. La cour est envahie de charrues et de herses rouillées. Une remorque sans roues obstrue l'embouchure du puits. Clément, le maître des lieux, affalé sur sa chaise, me répète sa fierté de mon retour au pays. Lui aussi est un enfant de l'Assistance publique. Veuf et père de deux garçons, Alain et Martin, qu'il nomme affectueusement les « héritiers ». Le tutoiement se veut instantané.

« Toi, tu chantes, tandis que nous, on déchante, avec les socialistes au pouvoir. Les enfants d'agriculteurs qui prendront ici la relève ne vont pas se bousculer ! »

L'aîné Martin émerge vigoureusement de sa voix haut perchée.

« Pourquoi tu n'es pas marié ? Avec toutes ces belles femmes à Paris… Quelqu'un qui chante à la télé et s'en vient par les chemins à la recherche de vieux cailloux, c'est quand même bizarre ! »

Au domaine, le quotidien ne se résume pas à vivoter près d'un étang saumâtre. Le retard sur la production de l'exploitation n'est pas esquivé. La reconnaissance et le respect des héritiers à l'égard du père se mesurent à leur silence empli de sourires éloquents. Le dialogue augure les plantations du printemps. Alain caresse le duvet blond sous ses narines. Son visage habituellement impassible prend vie.

« N'aie aucune inquiétude, p'pa ! J'apporterai le rendement. Il nous faudra moderniser les étables et remembrer entièrement nos hectares sur nos terres. »

La pièce baigne dans une obscurité stimulante. Je leur livre ce que je peux d'anecdotes sur le show-biz. Le vin gris coule. Clément confie avoir des projets d'emprunt à l'heure de la retraite. Je regarde l'horloge quand une bourrasque se met à secouer brutalement les branches des arbres. En moi, un éphémère sentiment de panique.

L'aîné a le mal du paysan. Il a d'autres aspirations que celles de son frère.

« Pourquoi ne deviendrais-je pas un fonctionnaire ? Un bon petit flic, ce serait pas mal. Ou un homme célèbre comme notre ami. »

Il recule d'un pas en s'agrippant à sa chevelure en bataille.

« Une vie sans femme ne vaut rien. Je partirai avant mes trente ans ! »

La discussion se muscle. Je ne souhaite rien ajouter.

« Une femme, ça ne se trouve pas accrochée au cul d'un tracteur ! Je ne veux plus me bousiller les reins dans les pâturages, passer mes nuits d'hiver dans les vêlages. Les Chaudillons n'auront d'avenir que pour l'un de nous deux ! »

Le père Clément ne demande qu'à vivre et mourir sur ses terres. L'agriculture intensive le tracasse. Dans mon dos, il me raconte le grand chambardement.

« Au-delà de l'argent, il y a le labeur de l'être humain. Y'aura bientôt plus un seul poisson dans nos rivières. Bruxelles et ses nouvelles lois sanitaires anéantissent l'élevage de vaches laitières. »

Martin reste imperméable à son inquiétude.

« Je partirai bientôt ! »

Avec une ardeur joueuse, Clément gave mon chien de charcuteries sous la table.

« Il n'y a plus d'amour aux labours. Nous sommes seulement rendus au bon vouloir des banquiers. Aujourd'hui la machine infernale te tombe du ciel, elle peut te broyer dix hectares en vingt minutes ! Ce monstre, qui prend toute la largeur de la route, mange autant d'argent en gasoil que le blé t'en rapporte ! »

Il fronce les sourcils et penche son visage à hauteur du mien.

« Tu n'oublieras pas de dire bonjour à la vieille de notre part. Simone Planteligne est bien seule dans ton village.

— On ne peut pas dire que tes voisins les Buxières soient des gens particulièrement chaleureux. »

Je m'engoue de cette marque d'affection.

« Rends-lui de petits services, elle le mérite. Fais ça pour nous, s'il te plaît. Toute sa famille est en Picardie, aucun d'entre eux ne prend la peine de venir la voir. »

Je ne trouve rien d'autre à dire qu'une expression galvaudée.

« Tout fout le camp ! »

Clément se lève. Son pantalon de velours lui descend à peine jusqu'aux chevilles. Il s'empare d'un ton belliqueux.

« Triste époque ! Cette nouvelle misère bouffera ces gens-là par les deux bouts. S'en irait volontiers vivre à Soissons, la Simone. Elle aime tant ses petits-enfants, sans les avoir vus une seule fois. »

Alain boit les paroles du père et acquiesce opiniâtrement.

« Les gens ne respectent plus rien. C'est triste de voir une chose pareille, elle qui a été si bonne lorsque nous avons perdu maman.

— J'ai retrouvé ma mère lorsque j'avais vingt ans. Le souvenir de ses yeux clairs m'évoque encore la fraîcheur de l'herbe nouvelle. »

Clément se confond en excuses. Je suis en accord avec lui.

« Alors, comme ça, tu penses vraiment vivre un jour dans ce trou ? T'es bien le seul. Embrasse notre Simone et garde bien nos confidences pour toi. Le secret ne se noie pas par le fond de l'eau chez nous ! »

La campagne a une mine patibulaire. La grêle blanchit les terres anthracite. Sur le bord du chemin, je me sens pantelant. L'éventualité que l'on puisse m'oublier ne m'ébranle pas. La nature respire avec moi. Je n'ai pas froid.

À deux minutes à vol d'oiseau, le préfet a convié les élus du département pour l'inauguration de la place Abbé-Angrand. M. le maire de La Celette n'a pas manqué de faire appel aux gens de sa commune. Tous se sont réunis sous le vieux tilleul. La famille Buxières s'affiche au complet. La bru a la même interrogation automatique :

« Alors, cette maison, ça avance ? As-tu besoin de quelque chose ?

— On avance, comme tu peux le voir. J'aurai besoin de vous pour tenir la buvette. »

Pataud baisse les yeux et me demande si c'est gratuit.

« T'inquiète, c'est moi qui rince !

— Dans ce cas, on veut bien te faire plaisir. »

Comme au jour de l'enterrement, des centaines de voitures stationnées aux alentours du village. Mes fans se sont déplacés de loin. Le pigeonnier est entièrement rénové de pierres apparentes. À la pointe du toit à quatre pentes, la pierre meurtrie par une balle perdue de Beyrouth a pris la forme d'une colombe. Je dépose le buste en bronze de l'abbé dans l'alcôve. Un frère en aube a béni en signe de paix. Le maçon chantonne, se frappe le torse et pousse le cri de Tarzan à destination d'une assistance silencieuse. Félix pleure à chaudes larmes. Les applaudissements sont à la hauteur de la grandeur de l'homme. Les souvenirs de ma mauvaise enfance et mes allégresses se connectent. La place de l'église porte désormais son nom. Je distingue les réfractaires, les désappointés, les timides, les distants, les sans-gêne, les arrivistes et les désinvoltes. Quel processus de résilience agit sans verser de larmes ? Mieux vaut me taire. Le trou effectué par l'orage en plein champ de céréales m'interpelle. Le bleu des ombres, ça m'attire. Les lambeaux de brouillard et l'odeur âpre des mousses prolongent mon emballement. Les dieux m'ont envoyé des messages arbitraires. Je me prépare à régner modestement sur mes terres comme un sage. Le car passe midi et soir. Toujours personne dedans.

*

Lundi. Le maçon n'est toujours pas arrivé. Où ai-je la tête ? C'est jour férié de Pentecôte. Bernard valse le dimanche et s'enivre de vin d'orge. J'en profite pour effectuer un rapide état des lieux. Les couvreurs ont enfin redressé l'ossature de la charpente. Le traitement au benzène empeste encore les alentours. Le ciel s'est déplacé en bloc. De la pluie fine. Mon cœur est alacre. Perché dans le catalpa, je fredonne une romance de Damia. À l'horizon, des traces de fumée chamboulent la réalité. La vallée flotte et miroite de coquelicots aussi rouges et éclatants qu'un sang neuf.

Le presbytère a des allures de la Madrague. Les visiteurs s'y succèdent. Certains n'hésitent pas à faire le pied de grue pendant des heures. Il m'arrive de me rendre place Angrand pour échanger quelques mots.

« Vous chantez toujours ? On ne vous voit plus beaucoup à la télé ! »

Mes réponses sont aléatoires. Elles deviennent silencieuses si un bonjour ne précède pas la curiosité de leurs invectives ou leurs demandes d'autographe.

Les fleurs de rocaille se reflètent dans l'étang paisible. La tâche à entreprendre au jardin ne me décourage pas. Une vie simple doublée d'une solitude douce, c'est une quête comme une autre. Fuir la civilisation urbaine. Être détaché de la frénésie parisienne. Ignorer les débinages inhérents à mon métier. Cela ne me paraît pas insurmontable.

Un somme à l'ombre, sur l'herbe. Le museau de Sylvestre échoué sur mon biceps engourdi m'interdit d'esquisser le moindre mouvement. Pour seule vision, ses dents pointues. Je succombe à des fantasmagories imaginaires qui soumettraient le monde à se montrer moins vil et moins sanguinaire. Scriabine berce mes cauchemars antiques.

Dès que je sors de mon sac de couchage, Bertrand m'enjoint de prendre l'air de la campagne. Il s'assure de ne pas me voir errer sur son échafaudage.

« T'inquiète, ta maison deviendra vite une partie de toi-même. »

Félix n'est plus là. J'en ignore la raison.

Le sentimentalisme crépusculaire me prête la détermination d'éconduire les visiteurs au zèle bouillonnant.

« Comment trouves-tu mon camping-car ?

— Pas mal.

— C'est à toi, le chien ?

— Oui.

— C'est ma femme qui va être contente de te voir en vrai. Elle t'aimait bien quand tu étais jeune. Je l'ai envoyée chercher des merguez ! »

Leur spontanéité expressive se combine avec un sens acquis du réel. Ils usent du tutoiement, ramènent tout à leur propre personne, balancent du « mon boucher », « mon parking », « mon facteur ».

« La campagne, ça ira pour le week-end ! Je ne pourrais pas vivre dans ce bled. Comment tu fais, toi ? Ce soir, c'est barbecue sur la place. Viens vers les six heures prendre l'apéro après la partie de boules ! »

Des triplés ont escaladé le mur en rénovation. On hurle mon prénom en tapant du poing sur le portail, puis on chuchote derrière la porte blanche.

« Il est là. Je l'aperçois avec son chien.

— Foutez le camp, laissez-moi tranquille ! »

La réponse classique ne s'est pas fait attendre :

« Va te faire voir ! Puisque c'est comme ça, on n'achètera plus tes disques ! »

J'ai ramassé des papiers d'emballage, des canettes et du plastique jetés sur la place. À nouveau, de grands coups de pied dans ma porte. D'autres empruntent l'escalier de fer menant au clocher pour m'entrevoir sous un autre angle. Un jeune excité a brisé les anges rouges dans le vitrail déjà brinquebalant qui donne sur ma cour.

« Je plaide coupable, monsieur le maire. Ils balancent les pochettes de mes vieux vinyles dans les rangées de buis. Je viens à peine de planter ! »

L'édile pousse un profond soupir.

« Que voulez-vous, c'est la rançon de la gloire !

— Ils braillent dans l'église, me demandent de signer comme si c'était un dû. Ce ne sont pas mes admirateurs, mais bel et bien des chasseurs d'autographes.

— J'ai des haut-le-cœur. Le ciel en colère finit par chasser les curieux ! »

Le maire n'amène aucune réflexion. Il n'apparaît pas comme le plus préoccupé par la protection de ses concitoyens.

« C'est vous qui distribuez les cartes. S'ils viennent jusqu'ici, c'est pour voir la vedette en chair et en os ! Votre amie madame Buxières en profite pour louer ses gîtes. »

L'épicier marque un arrêt devant chez moi. Je sors de l'enclos. Le questionnement concernant ma présence ici ne faiblit pas.

« Mais qu'es-tu donc venu chercher dans ce patelin d'à peine une quinzaine de pèlerins ? »

La dissension des habitants concernant une vache égarée ne s'est finalement pas éternisée. Le toit de ma maison est désormais entièrement recouvert d'anciennes petites tuiles rouges de terre cuite. Ce coin posé à l'état brut m'habille de frissons. À l'aide de mon index, je retrace le dessin des collinettes du Grand Meaulnes. À la tombée de la nuit, le rossignol s'est mis à chanter. Je le courtise de loin, siffle maladroitement. L'oiseau haut perché a gonflé d'air son petit jabot rond de plumes rousses. Chahuté par la délicatesse des vents d'avril, il varie sur le même thème, s'égosille de vocalises obstinées. Cherche-t-il à me dire « Je chante bien mieux que toi » ? Je suis saisi par une volonté enfantine de l'apprivoiser. Se sachant épié, l'oiseau s'interrompt. Il a certainement deviné ma déception de ne pas réussir à l'intercepter entre mes mains.

Une voix blanche décortique le théâtre inconfortable de Jean Genet. « Le masque et la plume » est l'émission de radio qu'il convient d'écouter à volume élevé lorsque les mots circulent. La critique d'une œuvre n'aboutit souvent à rien. Des phrases enrobées de superlatifs, des cafardages inutiles, des saillies gratuites. De la province, ce qui se confesse à Paris devient vite distrayant. Ils s'acharnent maintenant sur les acteurs de *La Maladie de la mort*. Pauvre Marguerite ! Je me répète. Les images s'impriment, indélébiles, et s'intègrent à ma peau. On ne devrait pas confondre le sérieux d'une œuvre avec son ennui.

La terrasse de dalles blanches longe la maison luisante. Sous la lune, il traîne dans l'air comme un accent des pays du Sud. Se contenter de ce que l'instant présent m'accorde. Dormir à la fraîcheur des étoiles, sous les noisetiers. Oublier jusqu'à l'obsession les carences de ma sexualité. Je finis par m'évanouir avec un brin de paille entre les dents.

Au grenier, les chauves-souris poursuivent leur danse incessante. La nuit m'appartient. Je me surprends à balayer ma chambre toute neuve et à battre la poussière des tapis par la fenêtre. Les bruits dans la maison vidée de son passé déclenchent parfois des soubresauts de surprise. Ses murs épais ont la parole. Le mythe de l'existence des fantômes se brise. Ce n'est qu'un jeu de planches nourries d'huile de lin qui craquent au plafond. Le teint blême sous l'ampoule pendante, je dévore le journal intime de Pierre Loti. Le livre a longtemps servi de cale-pied à la vieille table.

J'ai rêvé que je passais laborieusement au travers d'un trou du mur pour atterrir dans une pièce où s'entassent meubles et statues de plâtre ébréchées. Au salon, Simone Planteligne déambule en chemise de nuit. Ses doigts affinés m'attrapent le visage.

« Tu ferais bien de t'enfuir, mon garçon, avant que ce sanctuaire ne te tombe sur la figure. Couvre-toi, tu es mouillé ! Entre dans la cuisine et sèche-toi ! »

Moi, nu sur la paillasse, friable comme un chaton. Une vieille dame aux joues creuses allume les brûleurs à gaz sous la marmite de fonte noircie.

Ce rêve annihile ma crainte compulsive de visiter ma voisine. Le jour venu, je n'aurais ainsi qu'à frapper à sa porte sans invitation préalable.

La campagne est salvatrice pour mes nerfs anxieux. J'utilise mon temps libre à l'élaboration d'une salle de douche couverte de céramique couleur vert d'eau.

Des années à accumuler des kilomètres sur le bitume. Mon corps se fracasse. Je devrais arriver à Digoin dans deux heures. La radio rappelle le dixième anniversaire de la mort de Jean-Paul Sartre et diffuse *Capri, c'est fini* vingt-cinq ans plus tard.

Arrivé là, hormis le faible ruminement des bestiaux, silence sous le chapiteau. L'idée qu'un mari jaloux vienne me poignarder jaillit dans mon esprit. La ville endosse sa ferveur du soir. Avant de franchir les coulisses, je redoute un trou de mémoire. L'instant où j'entre en scène, j'ai pour rituel de penser à quelqu'un que j'aime. Un verre de vin rouge apporte le courage de redescendre sur terre.

À Menton, ma voix a déraillé sur le refrain de *Méditerranéenne*. J'ai perdu en spontanéité. Le doute empiète, mes musiciens ne me reconnaissent plus.

Palavas-les-Flots. Odeurs de friture et chahut dans les allées. La mauvaise acoustique de l'arène en béton parvient à me déconcentrer. Je me focalise sur le tintamarre de la fête foraine. Bourdonnements dans la tête. Je tente de rassembler ce qui me reste d'énergie. Le public ressent le malaise. J'ai bu des litres d'eau pour éteindre le mauvais feu qui me brûle au corps. En vain. Je termine mon tour de chant sans talent. Des ballons s'envolent vers nulle part. L'huile frelatée dans l'air marin a graissé mes cheveux. Un sentiment d'échec succède à ma chute. Il me faut rester lucide malgré la violence des battements de mon cœur.

« Dites, monsieur, ne devrais-je pas m'évertuer à quitter ce métier coutumier des châtiments et me couper du monde ?

— On n'abandonne pas ce métier, c'est lui qui vous abandonne. »

Le directeur de l'arène chuchote. Il ne semble pas vouloir faire profiter de la discussion à d'autres.

« J'ai chanté une bonne centaine d'opérettes, moi, puis le métier m'a délaissé. Vous avez fait un flop ce soir, vous n'étiez pas dans l'arène. Que cette absence ne vous empêche pas de revenir à Palavas. »

Je suis conscient de mon instabilité du moment. À la terrasse d'un bistrot de Forcalquier, c'est l'heure des moustiques. La musique tapageuse assourdit les villageois retranchés dans le frais des ruelles. Le pigiste de *La Provence* me réclame la recette du limoncello, il me croit d'origine italienne.

« Vous chantez Capri pourtant, non ? »

Je pressens que l'interview ne va pas s'éterniser.

« Ce soir, après votre prestation, il y aura bal sur la grand-place, mon arrière-grand-mère viendra ! Elle dit que vous avez de beaux cils lorsque vous chantez en fermant les yeux ! »

Son accent me ricoche à l'oreille et couvre le bruit de la balance de mes musiciens.

« Ça ne vous gonfle pas, d'être obligé d'envoyer toujours la même rengaine ?

— Non, monsieur, cela ne m'ennuie pas. Un pays qui ne chanterait plus serait une chose affreuse. »

J'aurais eu horreur de trop de considération de sa part. Que me veut ce grand barbu à la voix fluette ? Afin de recharger mes batteries, je n'éprouve aucune difficulté à arborer une face antipathique. Mon regard le lâche. Je n'ai pas non plus daigné retirer mes lunettes de soleil. Il marque une pause avant d'ajouter que la vie est paisible dans les hauts de Provence.

« C'est vrai qu'il ne se passe pas grand-chose dans vos villages envahis par le camping moderne. J'observe les vieux assis sur leur chaise retenir leur menton d'une main. J'imagine que vos aïeuls ne savent pas encore que le mur de Berlin est tombé. »

Le barbu ténébreux me dévisage, la mâchoire rageuse, et remballe illico ses affaires. La critique du lendemain se révélera assassine. Pas une ligne sur l'artistique, mais des considérations peu flatteuses sur ma connerie et ma susceptibilité.

L'été est chaud, la tournée est rude.

Un garçon a étendu un caleçon rose sur la rambarde de son balcon. Chauffailles, petite bourgade de la région lyonnaise. Le train entre en gare. Là, j'apprends que Nino Ferrer s'est tiré une balle en plein cœur dans un champ de blé. Le vent tonique assèche ma gorge, l'herbe rousse brouille les cartes du jeu de ma vie d'artiste. Salle charmante. Public distrait par le passage de la fanfare. Tout est sur la brèche. Les musiciens tirent la tronche. J'entrevois des lamas qui broutent dans les plaines. J'aimais autant le Ferrer musicien que le Ferrer dandy. Il avait une belle estime de moi. Lors de nos longs échanges, il me répétait que j'aurais pu devenir un excellent chanteur de blues. Je lui répondais toujours par la même pensée :

« Je suis resté l'enfant qui s'ennuie, doublé d'un chanteur qui s'amuse ! »

Nino n'avait plus les ressorts pour lutter contre les médiocres. Son existence se nourrissait de cris et de chants noirs. Dans le petit monde étroit de la chanson, où l'hypocrisie se taille la part du lion, la mort des poètes se glorifie sans souffrance. Les gueulards de la République, les philosophes en toc ont l'art du racolage avec leurs petites phrases piquées au sein d'une littérature oubliée.

*

Je jardine, désherbe mes fraisiers. Je chante toujours, aussi. C'est samedi soir au café de La Celette. Le peuple est friand de karaoké. Il hurle aussi fort qu'il chante comme une tasse.

Dalida, Claude François, Joe Dassin. Tous morts. *Capri, Reviens*. Et la machine aux paroles défilantes ne verse aucun droit d'auteur…

On insiste sur le fait que ma voix vieillit bien. Les progrès de la technique contribuent à la qualité sonore de l'enregistrement de mes nouvelles chansons. Il me manque quelques rimes.

« *Tout est lilas/Avec le temps qui va tout doux…* »

L'aube violacée présage une journée venteuse. Rue des Saints-Pères, la concierge de Chantal Goya a sorti les poubelles. Les boutiques de luxe abolissent la vie de bohème de Saint-Germain-des-Prés. Je dors rue de Buci, je marche, j'écris. Le texte de la chanson s'enveloppe dans ma mélancolie. Moi qui la voulais radieuse et aromatisée de noms de fleurs, c'est raté.

« *Toutes ces fleurs que l'on ramasse/Ou qu'on achète/Pour ceux qu'on aime/ Et pour tous ceux qu'on regrette/Tout ça ira, la vie donne tous les atouts/Et puis nous reprend tout…* »

Au café de Flore, je stresse en buvant mon café serré. Rejoindre, au pas de course et la voix éraillée, le studio à Pantin. L'ingénieur du son bidouille sur sa console d'autres sonorités pour une chanson ennuyeuse. Mon œuvre s'amplifie d'un son flatteur. À la pause syndicale, je m'échappe faire un tour du pâté de maisons. Rue des Pommiers, aucun repère pour m'indiquer l'heure exacte. Pantin est une ville d'Afrique. Je suis un provincial en préparation de quinze représentations au Cirque d'Hiver. L'étape de la cinquantaine ne me terrorise pas. Je fais un pas supplémentaire sur un tempo lent. Libéré de mes triomphes et de mes échecs.

Le maçon a plié l'échafaudage. Sa dextérité et sa vigueur n'auront eu de cesse de m'impressionner.

« Voilà, c'est fait ! Maintenant tu n'as plus qu'à... »

La maison étale sa blancheur dans un éclair noir. Il ne reste que l'éclat. Ma joie se décuple. La tête penchée sur la pierre à évier, je bois l'eau du robinet dans un verre à moutarde. Un échange plus en verve avec Bernard aurait convenu à la circonstance. Le remercier vivement, saluer la performance de ses bras, insister sur le travail abattu. Il m'offre sa truelle d'une voix étranglée et se contente de hocher la tête. J'ai ajouté une prime à son salaire, déposé deux cartons de saint-émilion dans sa brouette. Une tempête indicible apparaît dans sa mâchoire.

« Je les boirai toutes... en rentrant ! À la gloire de tes temples d'Orient et de nos cathédrales ! »

J'ai remarqué son tutoiement. Bernard s'en va comme il est venu : l'âme chantante.

Un héron aux ailes gigantesques s'envole par-dessus l'étang. Il tient un goujon dans son bec. Un grand bol de café coupé de chicorée amère, de l'eau chaude, enfin. Un ciel ouvert sur de longues traînées de lumière jaune. C'est à ma portée de goûter aux bonheurs simples. Je pose un regard tendre sur Sylvestre en allant vers le troupeau de génisses.

Des reflets de boutons d'or étincellent sous leurs ventres généreux. Près du ruisseau, le hérisson paré de puces s'est mis en boule. Le chien maltraite sa proie inaccessible, qui s'amuse de lui. Au fil de l'immensité des jours, la température est montée de deux degrés. Je scrute les détails, je m'attarde.

Ma liberté nouvelle me foudroie.

Je me comporte comme un vivant.

Sylvestre aboie rauque, s'allonge sur la tommette fraîche et râle du fond de ses boyaux : « Nous serons deux, là, dans la maison de pierres volées aux temples en ruine. »

Mon métier m'accorde autant de privilèges que d'emmerdements. Arpenter les rues de Rome est un luxe qui devrait être accordé à l'humanité entière. Au crépuscule, j'ai guetté les reflets du soleil sur le courant paisible du Tibre et admiré les ponts de pierre. De ma chambre, j'observe la lignée de chevaux des calèches qui règnent sur la ville.

Ma mission est fixée à dix heures à la basilique Saint-Pierre. J'ai marché dans la ville aux pierres noircies par les intempéries et l'usure du temps. Ma glace à la pistache colle sur mes doigts. L'encadrement des vitres serties de gris se panache aux ocres, aux verts. L'assaut des photographes amateurs se multiplie. Rome est un mythe. J'ai le souvenir d'y avoir décroché autrefois le premier prix della canzone du Montesacro. Le jury, présidé par Luchino Visconti et composé de gens en beauté, m'avait remué les sens. Au soir de l'assassinat d'Aldo Moro, on m'avait aussi interdit de chanter sur la Piazza Navona.

Père Victor m'a ouvert les portes du Vatican, il n'est pas là. Dans la précipitation matinale, je me laisse placer au premier rang, à droite sur le banc.

Onze heures, la messe est dite. Appuyé au bras d'un cérémoniaire, enrobé d'habits verts, Jean-Paul II s'approche de moi lentement.

« Très cher Saint-Père, je viens de France en messager d'un curé de campagne, l'abbé Angrand. Je dois vous lire quelques-uns de ses écrits. Ne m'en demandez pas davantage. »

« Cultive la terre et nourris tes fils, mais n'en tire aucun autre profit, sinon tu l'assécheras.

« Donne ta parole et ouvre ton cœur à plus pauvre que toi.

« Paysan, bâtis ta maison pour le lointain avenir de tes frères, c'est alors que le Seigneur te délivrera du mal de la possession. »

L'empressement avec lequel j'ai ouvert la lettre pour lui énoncer ces mots gravés dans ma mémoire lui arrache un léger sourire en coin. Le cérémoniaire me prend le prêche des mains afin de le glisser dans sa manche en dentelle. J'essuie mon front pendant qu'il entraîne le Saint-Père vers la longue file d'attente des fous de Dieu. À chaque pas compté du pape, la foule redouble de volume. Une liesse sonore comparable aux cris de mes fans transis. L'ultime bénédiction est donnée aux chrétiens du monde. Le cérémoniaire se redirige vers moi.

« Le Saint-Père souhaiterait que nous puissions nous rencontrer un temps cet après-midi. Que direz-vous de quinze heures ? »

J'ai simplement répondu par l'affirmative. À distance, Jean-Paul II a les yeux fermés. J'aimerais me plonger dans les méandres de son âme tourbillonnante.

À l'heure du déjeuner, Rome m'empoigne. Tant de ruines et d'églises visitées dès les prémices de son histoire. Tant de débauches de stuc bizarres, de marbre et de créatures extravagantes. Devant le Colisée, l'eau jaillit des vasques baroques. Combien d'anges sont-ils prêts à s'envoler des pilastres au risque de me faire manquer ce rendez-vous impromptu ?

Quinze heures. Un garde suisse ouvre le portail débouchant sur les vasques en mosaïque. Le pape m'accueille. Seul, en salopette. La même que Coluche. Une main vers moi, l'autre tient un sécateur. Ses épaisses pommettes sont similaires à celles de l'abbé Angrand. Je ressens un trouble momentané. Un air doux me passe sous les pieds comme pour m'élever au-dessus du sol. Il se met à parler français en roulant les « r ».

« Nous avons tous chanté votre chant d'amour *Capri*. J'étais alors archevêque de Cracovie et notre soif de chanter la liberté de la France était vive chez les Polonais. Frère Victor vous aime beaucoup. »

Qui me complimente ? Le pape ? Juste un jardinier occupé à tailler un parterre de plantes médicinales dans un enclos de la surface d'une écurie de poneys. J'interviens peu. Il dit être manuel. Il dit encore se féliciter de la correspondance entretenue avec son ami Victor. Ses longs doigts me caressent la joue en signe d'approbation.

« Va et fais tout ce que te dit ton cœur. Le Seigneur est avec toi. »

Il est revenu au silence, saisit ma tête entre ses mains. Je reste figé. Il me semble avoir omis d'avoir posé mes lèvres sur sa bague.

Les prêches d'un curé de la campagne berrichonne seront désormais entre les mains des jeunesses vaticanes. Un séduisant flatteur en soutane répète à deux reprises que mon sens du devoir chrétien est salutaire. Avant de rentrer, je me retourne une dernière fois vers le portail pour me convaincre du réel de la situation. De jeunes gens s'embrassent près des fontaines. Dans l'allée jouxtant la villa Médicis, j'ai l'imagination agitée. Trop-plein d'émotions. Excès de sensations intimes. Villa Ada, je me laisse caresser sous les pins par un blond calabrais aux cheveux longs. Le fou rire que je ne peux réprimer casse la dynamique. J'envisage mon presbytère flambant neuf protégé des dieux par-delà des colonnes antiques.

Au Café Gréco, je tombe sur Morris Albert. Il n'adresse même pas un regard au Steinway trônant au fond de la pièce. C'est un fugitif. Comme je l'ai été. Le procès pour plagiat l'a mis à genoux.

Son œil gris s'évade dans la défaite.

« J'ai perdu ma maison et ma femme a foutu le camp avec mes deux enfants ! »

Feeling est inscrit au patrimoine mondial des chansons métissées. Destin désenchanté pour le compositeur brésilien, contraint de tirer les câbles derrière les caméras de la Rai et de se morfondre dans un deux-pièces banal de la banlieue de Rome.

Au petit salon doré de l'hôtel Ambassadeur, le barman rieur Ricardo m'apporte un café stretto tandis que mon attaché de presse me murmure des paroles surfaites et s'emporte dans le combiné.

« Que fais-tu de ta carrière ? Ce n'est pas digne d'un professionnel ! »

Aucune photo aux côtés du pape à faire publier. Il en existe une. Je la garde précieusement pour moi.

De mon lit trop spacieux, on distingue l'étendue des terrasses en fleurs et des toits de tuiles blondes. Je regrette soudain de n'avoir pas ramené le Calabrais à l'hôtel. Une promenade nocturne à la villa d'Hadrien comble mon envie passagère. Je n'ai toujours pas atterri de ma courte visite en Saint-Pierre de Rome. Mes ongles grattés dans la chaux morte, quelques petits émaux se sont subrepticement glissés dans ma poche. Comme l'a écrit Marguerite Yourcenar, l'empereur appréciait les audacieux. Personne n'aura vent de ce voyage céleste.

On entasse dans une vie pour finalement ne se souvenir que du minimum. Au classement de mes biens, des photos d'amis avares de nouvelles, cendriers et pochettes d'allumettes de grands hôtels du monde, une lettre de Phô Eu écrite pendant la guerre du Vietnam. Les trousseaux de clefs de mes anciennes habitations se confondent dans le mobilier de vaisselle. Des bibelots se sont échoués sur le tissu de mes Converse. Je dois aussi déménager ma tête. Un paquet de courriers de fans, estampillés au Chili, a conservé son parfum de fleurs séchées. Je n'emporte ni la table carrée ni la nappe au vilain tissu provençal. Mes cartons sont scotchés et ficelés. Le couloir empeste le crayon-feutre. Mon voisin de palier surgit de sa tanière, cheveux en bataille, la mine sortie de lit. Ne pas compter sur son aide pour porter les cartons bourrés. Il préfère rester prostré à l'étage.

« Vous nous quittez ? Pour où ça ? La Suisse ?

— Je pars m'installer dans le Berry. »

Il n'a pas l'air fringant, le grand filiforme. Peut-être un abus de sushis et de cannabis de très mauvaise qualité.

« L'art est contaminé par le pouvoir… Et Matzneff est à son apogée ! La crise, le sida font des ravages chez les gueux. Je suis pas mal en tant que chômeur.

— Pardonnez-moi, mais je m'aperçois que je ne connais toujours pas votre nom après tant d'années.

— Paul Grasset. Je suis bouddhiste, je crois en la réincarnation.

— Seriez-vous de la famille de l'éditeur ?

— Oh non ! Mon connard de père n'est autre que le marchand de primeurs en bas dans la rue Jean-Giraudoux. »

Les déménageurs bretons ont emporté mon piano. Je zappe rapidement sur le petit écran. Un animateur à la face d'Égyptien fourgue sa camelote à coups de sourires Émail Diamant. J'abandonne mon poste de télévision au milieu du salon désert.

Peu probable qu'une seule porte d'entrée à Paris soit accueillante. Celles de sortie existent. La France s'engouffre dans une culture étatique. Devant les sanctions de l'inévitable et brusque changement de la société, je suis devenu sensible au secours d'un public resté fidèle. Se cogiter un avenir de campagnard sur ses terres. Quel pied de pouvoir pisser sur le seuil de sa porte !

Avant d'arriver à ma demeure toute fraîche, j'ai ramassé un bout de gargouille tombé des hauteurs de la cathédrale de Bourges. Le Berry m'accorde ses particules de lumière. Mon enfance, inlassablement, toujours elle. La pelouse est verte, Sylvestre frétillant.

Les gens de La Celette ont les joues bien pleines. Un bonsoir que l'on m'adresse et j'ai faim de légendes berrichonnes. Le ciel baigne dans une brume de perles grises. Je regrette la disparation des haies sur ces champs d'espérance, me plais à recompter les vestiges du monde enfouis dans l'épaisseur de mes vieux murs neufs. De l'apaisement, beaucoup, des joies inattendues, des instants tranquilles. La liste des choses à entreprendre a un avenir. Le piano blanc, au milieu du salon-bibliothèque, a trouvé sa place devant la cheminée refaite. J'ai fait d'un billard russe mon bureau. Les reliques de mes voyages resteront cadenassées dans des panières d'osier. J'ai jeté les clés dans l'herbe avec l'espoir de ne jamais les rouvrir.

Les Buxières ne se sont pas manifestés pour m'apporter de l'aide ou découvrir mon mobilier. Unique décideur de ma vie déviée, je continuerai à protéger mes archives. Ni miroir ni portrait de moi. L'abnégation s'accole à mon impérative légèreté. Je prends le temps de scruter les détails, redresse le cadre argenté d'une aquarelle de Georges Braque qui penche. Tout transpire, fuse, vermillonne dans le paysage. Ma maison étreint toutes les saisons. Celle des randonnées. Celle des nuits à contempler les astres. Celle où le chien course les chats sauvages. Je n'oublie pas qu'il faut encore peindre les persiennes sur la façade. Une odeur d'encaustique imbibe l'air frais. Je m'attarde longuement sous le grand séquoia. Après-midi en fuite. Il n'y a personne pour m'accuser d'oisiveté.

Retour au nid. Le verre bullé des carreaux des portes du couloir accueille les derniers rayons de clarté du ciel. Bien-être caressant. Pour lui aussi. Lui aux pattes terreuses qui s'en retourne rêver sur mon lit les couilles à l'air.

Georges est entré. Il lance son manteau sur la patère et repousse sans ménagement la porte du pied. Soudain, il hurle d'effroi. L'araignée à l'abdomen gris file pour s'enliser dans la crevasse d'une poutre au plafond.

« Jamais je n'aurais pu l'écraser ! Le courage m'a manqué, hein !

— Araignée du soir, espoir.

— Aurais-tu de l'eau de Cologne ? Qu'est-ce qu'il y a à la télé ? »

Je balise tout en graissant les charnières d'un vieux placard aux portes grinçantes.

« On peut vivre sans télé, Georges ! Vise un peu la hauteur des flammes dans la cheminée. »

Grésillements dans le transistor. « *On l'a là la vie en rose/Le rose qu'on nous propose/D'avoir les quantités de choses/Qui donnent envie d'autre chose...* » Je lui signifie que cette chanson m'évoque déjà des souvenirs.

« Comment vas-tu faire pour vivre seul dans ce bled ?

— Écoute Souchon ! »

Georges avale son cassoulet en boîte sans se préoccuper du contenu. Il ne me surprend plus, ce facétieux capable de repasser les pascals de ses cachets avec un fer. Sa glace est un écran de télévision. Il traque paroles foireuses d'hommes politiques, coquetteries de chanteuses à la mode, et caricature les animateurs soucieux de leur gloire.

« Mais toi, tu es inimitable.

— Tant mieux pour moi. De toute façon, je ne désire céder ma place à personne !

— Je suis un imitateur raté, un homme impur.

— C'est mieux que d'aller pointer chez Moulinex, non ? »

Son désespoir permanent pèse. Georges a passé le show-biz à la moulinette et finit progressivement par s'excuser. L'amertume dévore sa fausse désinvolture. Je n'ai cessé de raviver le feu et de tourner autour de la table basse. Mon vécu est suffisamment plein pour se convaincre de l'existence incontestée de la chance et de la malchance.

Le lendemain, c'est au tour de l'ami Jo de débarquer au village, visage amaigri, chapeau rose bonbon et teinture blonde. Léger comme une libellule.

« Il est passé où, le soleil ? J'apporte des nouvelles des copines. Bon, je commence par la bonne. Cécilia est rentrée au bercail de l'avenue Montaigne avec un lifting réussi. Mauvaise nouvelle pour toi : Duras est morte. »

On a bu beaucoup et parlé crûment pour faire taire le silence. Jo, pourtant peu friand de la campagne, a dévoré entièrement un fromage de chèvre frais. Longtemps que cet égayant écume la capitale à la recherche d'un amant vigoureux. Au matin, nous avons glissé précautionneusement les petits émaux de la villa d'Hadrien à l'intérieur du puits.

« Ça manque de cygnes sur la mare ! Tu as pas du pâté ? »

À la cave, les premiers ronflements de la chaudière fustigent le calme. Georges est étendu sur la tommette glacée. Miaulements derrière la porte. Un petit chat gris cendre en délicatesse avec le clair de lune se faufile pour vider la gamelle du chien. Les brumes dissimulent péniblement les traits tirés de Jo.

« Ton public t'attend !

— Elle aura aimé les livres, l'amour et le Mékong, là où tout aurait dû finir dans une immense bande d'ombres.

— Tu parles de Marguerite ? »

*

De rares visites. Mon enthousiasme s'estompe. Vivre seul n'est pas une punition. Le cours normal des choses reprend. Je réfléchis sur le choix du bois noble pour aménager mon grenier, constate que je vais être bientôt à court de café. Sous la lampe magique, des petits rayons d'or pâle apparaissent sous les archers. Au bourg, je m'efforce de redoubler de chaleur ou d'échanger les amabilités d'usage. Lancer bonjour, bonsoir, au revoir, est aussi rapide qu'une averse. Ma vieille voisine m'épie à nouveau derrière le massif de laurier-sauce. Champagne ne quitte pas sa montre RTL et s'évertue à porter le drapeau des anciens combattants au monument aux morts.

Je me suis invité à la réunion du comité des fêtes. Avant de s'asseoir sans protocole, la même plainte qu'ils partagent :

« Y a pu rin à la télé ! »

Mesdames Aupetit et Buxières ont eu le réflexe de ne pas se saluer. Le conseiller municipal Gustave Bardou roule les lèvres dans sa moustache. Antoinette porte la même robe verte que lors de la vente du presbytère. Elle ne m'aime toujours pas. Ses yeux ne quittent pas son petit carnet. Elle fait à la fois les questions et les réponses.

« En décembre, concours de belote au café. Premier prix une tête de veau, second prix une caisse de Jupiler, c'est de la bière belge. »

La présidente se gratte la fesse gauche.

« Le voyage des enfants de l'école à La Bourboule, c'est pour Pâques. »

Je trace des lignes désordonnées sur ma feuille blanche.

« Le repas de Saint-Blaise sera pour février. Et les feux de la Saint-Jean, comme à l'habitude, au troisième dimanche de juin. »

À l'énoncé des projets, aucune effusion générale ni récrimination. Antoinette ordonne :

« Cette année, le comice agricole est à Saulzais. Concours de labours et de chars, dépêchons-nous de choisir notre reine. Un buffet de charcuterie est prévu pour après. Seules les boissons seront payantes ! »

Je réclame des précisions. Antoinette sourcille, ranime sa mollesse.

« Tout ça fait de l'ouvrage... donc... C'est Jeanne qui se chargera de la distribution des colis aux aînés. »

J'ai osé simplement avancer une idée.

« Ne pourrait-on pas organiser, l'été, un concert dans l'église ? L'harmonium est en très bon état.

— Faut qu'j'en cause au maire. Et vos travaux, ça avance au fait ?

— Les travaux sont terminés, chère madame Flore. Ne saviez-vous pas que je suis installé au bourg depuis quelques mois déjà ? »

Gustave ne goûte pas ma prise de parole.

« Qu'es-tu venu chercher ? Nous ne sommes pas des gens qui vont à l'opéra ! Nous, les paysans, nourrissons le monde, pis c'est tout ! Et rassure-toi, on ne te demandera pas de chanter ! »

Ma patience décline. Deux jeunes femmes inconnues se sont levées. J'ai suivi.

Place Angrand, les hirondelles passent à travers le vitrail brisé de l'église pour consolider leurs nids d'argile. Champagne devise sur le temps. Pataud lui tend une main molle.

« C'est pas l'tout de causer, mais faut j'm'en retourne. À chacun de gagner son pain ! »

*

Je me sens étrangement paisible. Mon esprit n'a subi aucun trouble durant cette première année où j'ai emménagé.

Victime des remembrements successifs, la région s'est dépeuplée. Au Rondet, la fermette de mon enfance n'est désormais plus qu'une étable. Tant de choses se sont évaporées depuis mes années de mioche. Par-delà la clôture électrique, cinq vaches solitaires animent cet endroit désert. Je n'avancerai pas. De toute manière, je suis incapable de remonter jusqu'à la cime du vieux frêne d'où j'espérais entrevoir la mer au fond de l'horizon. Au Rondet, je n'ai jamais eu de maux de tête. Cette terre de silence brisé par le cri des corbeaux est chevillée à mon corps. La fraîcheur du matin, les feux du soir, si proches, si lointains. Simone et Ernest

Auxiette ont été mes seuls parents. Je n'en ai pas eu d'autres.

« Que le soleil ne se couche pas sur ta colère. »

Néness, mon premier père nourricier, me répétait cette injonction à la sagesse biblique.

Les seaux portés par sa femme et surchargés de mangeaille pour cochons répandaient une odeur aigre dans la cour.

« Fadet, attrape-moi, mon grand frère. Je suis caché sous l'édredon. »

Comme des rubans nacrés, les châtaigneraies se découpent nettement vers la vallée en contrebas. Le chien renifle les haies, il ne perd pas ma trace. J'emprunte un étroit chemin boueux, il me conduit à l'autre demeure perdue dans la grève. La bruine taquine les joues. La maisonnette régente un paysage versatile. Un vieil homme trapu, certainement octogénaire, vient à ma rencontre.

« Y'a un bon moment que tu traînailles tes pieds fragiles dans le taillis de Sidiailles, hein. Que cherches-tu au pays par ce gris matin ? Il n'est plus rien qui vaille, tout n'est plus qu'abandon ! Le monde est mort ici et sans explication. En voilà un bon petit chien, parfait pour la chasse, ça, par exemple ! »

Le vieux a craché jaune sur le seuil avant de se moucher dans la manche. Le cou replié vers les épaules. Il m'invite d'un clin d'œil à rentrer dans la maison fétide. Sylvestre s'est couché sur le marchepied.

« Approche donc, ne sois pas effrayé ! Je ne veux même pas savoir ton nom. »

Je comprends qu'il aspire hardiment à converser. Près de la cuisinière, le lit ouvert. Une émanation de suie rance s'accroche aux murs noircis de fumée.

« Entre, mais entre donc ! N'aie crainte, jeune homme, et appelle-moi Émile ! Qu'est-ce que t'es venu te perdre ? Y'a belle lurette que je n'ai pas vu les bottes d'un pèlerin se traîner au pays des broussailles.

— J'aimerais vous demander : qu'est devenue la famille Auxiette ? »

Émile a vivement détourné le papier journal destiné aux épluchures.

« Des braves, ces gens, ma foi ! Des voisins comme ça, y'en aura plus ! C'est-y pas malheureux de finir sa vie dans une misère pareille après avoir tant peiné. Les Auxiette avaient des mains d'or et un cœur entier. Leur labeur ne leur a donné que des yeux pour pleurer, c'est tout juste s'ils avaient un quignon de pain à grignoter dans leurs vieux jours ! »

Les nuages ont avancé, lourds, obscurs. La pièce s'assombrit. Son mépris à l'égard du capitalisme éclate, cinglant.

« Que voulez-vous, avec de Gaulle et tout leur tintouin, quand on est pauvre on le reste ! Comment peut-on à ce point dépouiller un paysan de sa vigne ? Ernest est parti en se donnant un coup de fusil dans le crâne, il n'a pas eu besoin d'en tirer un deuxième... Et tout ça pour un demi-hectare de "chasselas". »

Ma souffrance est muette.

« Son carré de vigne était sa seule patrie, à l'Ernest ! De ce jour-là, Simone Auxiette et moi, on s'est plus causé. »

Émile a planté sa fourchette de rage dans le bois de la table. Il lui a fallu s'y reprendre à trois fois pour allumer la lampe à pétrole.

« Ils sont partis au cimetière comme deux bêtes ! Depuis ce temps, on n'entend plus un seul coup de fusil retentir dans la plaine. »

J'ai retenu mon souffle. D'un trait, Émile s'abreuve d'un verre de lait crémeux. Il a récupéré son rictus joyeux.

« T'en veux ti ?

— Non merci.

— T'as bin tort, c'est du frais ! Si seulement j'avais pu trouver une gentille petite femme à marier... »

Il garde les yeux rivés vers la fenêtre, parle des belles années.

« Tant que j'aurai ma jument pour me tenir compagnie, je ne partirai point de là ! Mouche est encore trop verte pour l'abattoir, pis elle me rend bien des services !

— Je suis René, de La Celette.

— Vingt dieux, bah ça par exemple ! C'est toi le p'tiot R'né de l'Assistance ? Je peux te dire que tu leur as manqué, aux Auxiette. Mais où étais-tu passé ? »

Il a sorti une assiette creuse du placard mural.

« Il te reste encore un bon bout de chemin à faire pour t'en retourner. C'est pas que je veux te mettre à la porte, hein, mais ma soupe ne se mangera pas toute seule maintenant que l'espérance de vie m'évite. »

Les vents tourbillonnants ont balayé la terre trempée d'eau. À partir de Bayeux, la route devient goudronnée. Le petit cimetière de Saint-Saturnin s'est agrandi du côté des champs de laiton. À la gauche de l'entrée, une croix de bois plantée dans le sol résiste aux intempéries. Simone et Ernest Auxiette reposent là, sous la couronne de plastique délavée... Ils n'auront reçu aucune retraite, alors qu'ils ont offert le gîte et le couvert aux pupilles de la nation. Quel qualificatif accorder à cette injustice ?

Au retour, la route me propose des variations de décor désenchantées. Possible que mon Alfa Romeo me lâche bientôt.

Derrière chez moi, la mère lapine veille ses petits. Du haut de la muraille longeant la haie d'églantiers, j'ai tiré si fort sur les lianes sèches que les pierres d'angle se sont écrasées en écailles dans le champ du panier. Mère lapine s'est figée, vigilante et protectrice.

Je caressais une fleur séchée lorsque le visiteur de la matinée s'est arrêté en pleine route sans couper le moteur de sa Vespa. Le gaz du tuyau d'échappement brûle l'herbe sur l'accotement.

« Bonjour monsieur. Je travaille au rayon disques de la Fnac de Bourges. »

Le garçon tourne la visière de sa casquette vers sa nuque.

« Je m'appelle David Blanchard et connais parfaitement l'ensemble de votre carrière. Je ne suis pas un fan, je n'ai que vingt-deux ans ! »

Le buste de l'abbé me dévisage. Nous marchons en rond sur la place de l'Église. Le petit rouquin espiègle se met à fredonner une chanson méconnue de mon répertoire. « *J'aime les filles et le vin rouge/Les départs/L'accordéon au fond des bouges/Certains soirs/* (...) *Je ne suis plus ni d'ici, ni d'ailleurs/ Le soleil brille aujourd'hui n'importe où...* » De sa bouche s'envolent mes mots. Son naturel préserve mon insouciance. Et je me dis que celle-ci peut encore traverser les années sans en subir le poids.

« On peut se tutoyer ? Ça me rendrait heureux.

— Repasse un de ces jours, je te ferai découvrir ma maison. »

Je n'ai rien formulé de plus. Il a dû s'imaginer que je suis en train de vivre une retraite monastique.

Mon agent me rappelle pour l'inauguration d'un parc d'attractions. Je compte le nombre de poutres au plafond. Je me revois jeune idole au Chili. Je suis ce garçon-là, animé par le désir irrépressible de s'installer à Valparaiso. Je pense à ces cactus en fleur sur les rives rocheuses du funiculaire qui monte à pic. Je pense aux portes de peinture vive ouvertes vers la mer bercée par l'ancre des cargos.

Les enfants de l'école chahutent en récréation, je sursaute dans mon fauteuil d'osier.

Paris timoré et Mexico incendiaire cognent dans mes souvenirs. La supplique des oiseaux et des enfants pauvres qui se roulent en boule et cherchent à gagner le quartier de Minéria. Lalla, bien sûr. Mon prince mexicain passe dans le couloir. La chanson de Barbara, évidente. « *Quand Pierre rentrera/ Il faut que je lui dise/ Que le toit de la remise/A fui/* (...) *Oh, Pierre/ Mon Pierre.* »

La cour de récréation se dépeuple.

Le crissement de ses freins annonce son arrivée. David est de retour, un mardi sur deux. Je l'invite pour un café dans la cuisine en échange d'un cachou. Il ne prête pas attention au travail méticuleux de Bernard sur les murs de pierre, ne cherche pas à s'entretenir avec les gens du village. Il est avenant, pudique et conspirateur. Il avoue son admiration pour son père, garde forestier. Sa voix d'oisillon convoque la certitude et l'enthousiasme d'un adolescent à l'esprit vif.

« Saurais-tu me donner un seul nom d'artiste ou d'écrivain ayant délaissé quelque peu une carrière pleine pour cultiver son potager ?

— Oui... peut-être Jacques Dufilho. »

Il déroule le nom des studios et les dates de mes enregistrements, indique le nombre de chansons interprétées en français, puis celles en langues étrangères. De sidération, j'écrase ma cigarette dans le cendrier.

« Papa avait conduit une bonne partie de la nuit. Arrivés à destination, nous avons dormi dans la voiture. Tu te souviens de ce concert au fond des Alpes ? C'était aux Gets. Tu es entré par l'allée des grands sapins, habillé intégralement en blanc et interprétant *Le Bateau sur la montagne*. Une chanson de 1979, l'année de ton retour en France. »

Il se moque de moi, dit que je dois me ressaisir, qu'on a besoin de mes chansons, que ce bled risque de m'enterrer.

« T'inquiète, je pars demain chanter à Carpentras.

— Une bonne chanson d'amour, il n'y a que ça qui va. Tes mots sont le meilleur médicament pour calmer les tourments de ton public !

— Pour cela, il faudrait que mon public soit malade... »

Ma réponse sèche lui déclenche un accès de colère contenue. Il ajoute, accablé :

« Te rends-tu compte vraiment ? Ce que ça représente pour nous ? »

J'ai mesuré ses paroles flatteuses en même temps que son extrême ténacité. La promenade crépusculaire s'allonge. Les cloches ne sonnent plus, j'ai allumé la lampe torche. David s'agace de l'aboiement des chiens dans le bourg et du bruit d'un moteur dans le lointain. Nos divergences de point de vue sont constructives. La conversation, accommodante.

« Je ne suis pas venu dans le centre de la France pour débattre du talent de mes confrères. Et encore moins pour entendre des flagorneries sur mes vieux vinyles !

— Sors de ton trou ! Tiens, dis-moi, Maritie et Gilbert Carpentier ont terminé leurs émissions sans t'y inviter une seule fois. Pourquoi ?

— Une histoire sordide. Je préfère n'en rien dire.

— Les stars d'aujourd'hui se retapent la face au Botox. T'as vu la tronche refaite de l'acteur de Rocky ? Comment c'est déjà, son nom, avec sa gueule de pédé ?

— Aurais-tu quelque chose contre les pédés ?

— Non mais…

— Mais quoi ?

— Je ne comprends pas vraiment qu'on puisse ne pas aimer les filles. Deux hommes qui se prennent la queue, ça me dégoûte !

— Qu'est-ce que t'en sais ? Connais-tu l'amour seulement ?

— C'est que…

— Laisse-moi parler, petit con ! Il n'y a que toi qui parles ! Amour et conscience sont frère et sœur. Un homme peut en aimer un autre. C'est la pureté d'un amour fou. »

Il ne relève pas la tête, tout d'abord. Puis, dans une sorte de rachat, il pointe l'index vers moi et chantonne le refrain d'une de mes chansons. « *Il avait un bandeau sur l'œil en forme de cœur/Le pirate du bonheur/Il avait une jambe de bois peinte sous ses pantalons courts/Le pirate de l'amour*. »

En longeant l'étang près de lui, je me persuade d'être devenu un ascète sexuel. La torche masque la peau laiteuse de son visage parsemé de taches de rousseur. J'aurais pu trouver sa bouche, si j'avais vingt ans de moins. Ce garçon à l'influence mystérieuse me laisse hébété. Je lui prie de ne plus me parler de sexe et du show-biz. David s'arrête brusquement de marcher. Il reprend sa respiration. Il sourit pour que j'emporte son dernier sourire avec moi. Il dit qu'il part pour un long séjour indéterminé à Singapour. Pour qui ? Pour quoi ? Je n'ai pas cherché à avoir de détails. David monte sur sa Vespa. Il a remis sa casquette à l'envers.

La grande ferme du bourg emprunte un teint inhabituel. Jeanne et Jean Buxières fêtent leurs noces d'or. Une vingtaine de convives prennent l'apéro. Mort du cochon. Clameurs dans la cour. Les tréteaux de la mairie sont dressés sous l'auvent de la grange. Ça parle fort en se bâfrant de patates au gras. Des gouttes de pluie viennent arroser les assiettes en carton. La belle-fille d'Auguste enrage de mon manque d'appétit.

« Tu ne manges rien ? Ce n'est pas assez bon pour toi, hein ?

— Je suis grippé et Sylvestre n'aimerait pas devenir orphelin ! Pourquoi me parles-tu en détournant le regard ? »

Jeanne répond à sa place.

« C'est parce que tu es dans la télé ! »

Ces gens-là ne m'accepteront jamais. Ils ont cette faculté d'ignorer ceux qui les dérangent. Trop de sournoiserie dans leurs visages burinés. Un prompt rétablissement émis de leur part n'a rien d'un réconfort.

« La ferme de ton copain Clément est en liquidation. Le savais-tu ?

— J'étais au courant, oui !

— Es-tu bien installé dans ta grande maison ? »

Mes amis ne se précipitent pas. La distance, me répètent-ils. Pour pallier le cœur froid et impénétrable des Berrichons, je dois me contenter de textos. Le virtuel a ses limites. J'ai la tête si lourde que j'en conviens à ma propre introspection. Que suis-je donc venu vivre ici ? Ce n'est pas pour le bonheur d'un teckel ? Ou pour parler aux arbres ? À proximité du ruisseau, un cheval de trait s'ennuie derrière les fils barbelés. L'âne au pré braille de ne servir à rien. Je le comprends.

L'aube s'adoucit. Sylvestre a démarré en trombe et traversé la haie de bambous à la vitesse du furet pour se réfugier chez la voisine. J'enfile des vêtements à la hâte.

« Bonjour madame Planteline. Excusez-moi, le chien fait des siennes !

— Enfin, te voilà. Entre ! D'abord mon nom, c'est Planteli...gne, avec un "g" ! Chez moi, y'a pas de madame ! »

Elle insiste et condamne toute possibilité d'alternative.

« On ne va tout de même pas se vouvoyer ! »

La cuisine est impeccable, la vaisselle feutrée, le sol d'une propreté indicible.

« T'en auras mis du temps pour franchir ma porte ouverte ! Faut-il que ça soit lui qui t'amène ? L'est-y vilain, ce chien, aussi vrai qu'il est gentil ! Il s'en vient le matin chercher son biscuit, ça me tient compagnie. »

Frêle, vivace, tassée au creux de son voltaire, elle me dévisage avec un air affable de défi. Sylvestre saute sur ses genoux. Elle se laisse familièrement lécher les joues.

« Je te vois passer sur la route. Pourquoi ne t'es-tu jamais arrêté ? Entre voisins, tout de même ! Je pourrais mourir seule que personne ne s'en s'inquiéterait. »

J'ai tourné le dos vers l'évier pour masquer ma confusion. Ses mains nouées parcourent la toile cirée en d'amples mouvements.

« Je n'ai jamais mordu personne. Veux-tu un café ? Assieds-toi ! Veux-tu un morceau de tarte ? »

Cette hospitalière attention dissipe mes craintes. L'œil torve, elle guette ma réponse.

« Oui, volontiers, chère Simone.

— Volontiers quoi ? Y'a pas de chère qui tienne ici !

— Je prendrais bien une part de tarte aux prunes.

— C'est de la rhubarbe ! »

Elle se relève péniblement. Les épaules sont osseuses, les joues sèches et creuses encadrent un menton saillant. Elle s'exprime avec aplomb. Elle n'a pas d'hésitation.

« L'ancienne cure servait d'étable autrefois. Les sacristains dormaient là, entre les vaches ! Le trou dans la toiture s'agrandit, hélas l'autre partie de la maison est inhabitable. Depuis que le père Planteligne n'est plus, je ne vois plus grand monde... À part mon ivrogne de voisin qui picole jusqu'à plus soif ! Il en oublie même de prendre son pain et de fermer mes volets pour la nuit. »

Avec sa paume de main, Simone attrape une mouche trop avenante, la tue, s'arrête de parler. Son index parcourt rapidement la page nécrologique du *Berry républicain*.

« Les gens ne sont pas causants dans le coin. Nous les vieux, on les intéresse pas !

— À peu de chose près », j'ai répondu sur le ton de la plaisanterie.

La radio est allumée. Elle dit que c'est comme ça tous les matins. Sur la tablette du cabinet de toilette, de petites bouteilles de parfum vides sont parfaitement alignées.

« Viens quand tu veux, même le dimanche, boire un café bistouille. Je hais les dimanches, comme dit la chanson. Ta présence me ferait du bien. »

J'ai des lacunes pour riposter à sa bienséance.

« Faut pas te sentir obligé, Sylvestre aura quand même sa biscotte ! Apporte-moi, à l'occasion, quelques pivoines de ton beau jardin. »

La vie est élastique, il suffit de l'étirer. J'ai plongé dans le dénuement de mon grand parc avec la certitude de vouloir m'occuper de quelqu'un. Une affection ne se choisit pas comme on cueille un fruit. On s'est promis de traverser les saisons ensemble et de partager la douceur de vivre.

« Sylvestre, quand j'y pense, quel drôle de nom pour un chien ! »

Je m'attache à elle autant que je me heurte à sa pauvreté. Au fil des jours, Sylvestre me précède, lève la patte sur les fraisiers. Les rosiers ne fleuriront plus seulement pour moi. J'ai bafouillé au moment de lui remettre un bouquet. Elle n'a pas feint la surprise. Une lumière flatteuse éclaire les cheveux ternes de sa perruque. Elle retire les épines pour les plonger dans un pot de grès, me serre dans ses mains pour m'embrasser.

« Ça change un intérieur, des fleurs. »

Simone promène son lot de tourments. Elle se désole sur un ton blessé :

« Mes petits-enfants ne m'ont pas téléphoné pour Noël. Il n'y a que le fric qui compte dans ce monde mal foutu. Moi, il m'en reste juste assez pour payer mon cercueil. »

Les dimanches se plient à nos habitudes. Elle a l'automatisme de souffler longtemps sur le papier journal humide avant que le feu de bois sec ne crépite dans le foyer de sa cuisinière. Elle a aussi le réflexe de râler lorsque je ne me rase pas.

« J'ai rêvé de toi.

— Innocent va, pauvre simple d'esprit ! Ma télé m'a lâchée, je ne pourrais plus regarder "La Chance aux chansons". Qu'est-ce qu'on peut y entendre comme brailleurs ! Toi, tu chantes bien, estime-toi heureux ! »

Son naturel spontané m'exalte. J'ai forcé sur la prise. La télévision balance aussitôt une publicité pour un monte-escalier électrique. Elle me dépose un baiser sur le front.

« La télé, ce n'est que du malheur en boîte. Quand ça ne chante plus, j'éteins ! »

Un cavalier fuit au galop vers le cimetière. Je me suis réveillé tard. Champagne a arraché la haie de bambous. Il rapporte à Simone des légumes de son jardin. Penaud, doublement contrarié par la fermeture définitive du café. Simone ne lui administre pas de réprimande, elle est déjà focalisée sur la célébration de l'apéro. Chez elle, c'est sacré de ne jamais briser la tradition des gueux. Champagne a bu son verre gris de rage et n'a pas tardé à nous quitter tête baissée. Elle nettoie la chiure de mouches sur l'ampoule instable. Je ne supporte plus de la voir grimper sur l'escabeau.

« Je n'ai plus de chicorée. Une pincée dans le café et ça fouette le sang ! Même l'Arabe de Saint-Amand n'ouvre pas sa baraque le lundi. Tu parles d'une petite ville de ploucs ! »

Le repas se termine dans un fragment d'éternité. Elle ôte son tablier, brûle du papier d'Arménie, ouvre la porte de la chambre embaumée d'un parfum de fleurs mortes. Une poupée en porcelaine déroule sa robe d'organdi au creux de l'édredon. Sur la commode, des photos de ses disparus : un premier mari rondouillard, un fils tombé pour la France, Eugène Planteligne, dernier charron de La Celette.

« Reste assis ! On ne boit pas son café debout, tu vas réveiller les morts ! »

Je ne me lasse pas de ses injections de femme-soldat. Elles décuplent ma tendresse.

Une hirondelle survole l'étang, les nichées de merles gonflent les cyprès. Je domine les hautes herbes à foin penchées sur la vallée. Simone ronchonne dans le printemps :

« Ah ! Ces cloches sonnent toute la journée, elles me rendront sourde. »

À son rythme, Simone a parcouru cent cinquante mètres dans l'allée bordée de roses trémières.

« Je n'ai plus de force dans les jambes. »

J'ai fait du ménage. Ma maison lui offre le monde. J'ai joué Bécaud au piano. Plutôt mal. Elle dit que c'est très beau.

« C'est propre chez toi, tout est précieux. Qui t'a fait les carreaux ?

— Moi.

— Fais briller tes meubles avec la cire d'abeille que je t'ai offerte. »

Elle relègue le silence, se délecte d'un détail, passe un doigt sur la poussière restée dans un recoin du guéridon. Elle demande des précisions, s'attarde sur des objets dont elle découvre l'existence, caresse le Bouddha en pierre volcanique rapporté de Borobudur.

« La pierre dans l'âtre de la cheminée vient de Baalbek, celle-ci de Rome…

— Vierge Marie, quel beau tapis ! Ça doit coûter bonbon ! »

Je fais maintenant suivre mon courrier chez elle. Les Buxières n'ont pas apprécié. J'ai racheté la maison de la cure et le terrain à ses petits-enfants pour qu'elle ne vive plus avec l'angoisse permanente d'être délogée. Le matin, Simone beurre ma biscotte, cet acte lui paraît légitime. Son toit est désormais recouvert de tuiles de Nevers. Elle dit :

« Je suis contente. »

Le bonheur d'une mère, je n'ai presque jamais connu ça. Ne plus la lâcher, lui offrir des petits plaisirs quotidiens, régler les notes de l'épicier et du boucher, profiter de ses sourires complices.

On est tous les deux. Je n'ai jamais autant apprécié qu'il pleuve.

Clément pousse la barrière. Une chienne à poils roux lui passe entre les jambes, rejoint Sylvestre dans le verger et se laisse prendre sans résistance. Dans le parc, un incessant va-et-vient. Simone a la nostalgie prégnante :

« Après la guerre, Soissons était en cendres. Pendant, la moitié de ma famille est tombée sous les bombes, j'étais serveuse à soldats. J'ai élevé trois enfants dans les ruines ! »

Elle vacille légèrement en haussant les épaules. La douleur est tenace. Clément connaît déjà l'histoire. Il l'interrompt :

« Mes fils travaillent dans un abattoir.

— Les deux ?

— Bien sûr, les deux. »

Peut-être pour rassurer sa mémoire, elle énonce méticuleusement à haute voix sa recette de la souris d'agneau. Carottes, potirons, haricots verts, beaucoup d'ail.

« Mon premier mari était boulanger, violent, alcoolique. Feu ma sœur une vraie peau de vache. »

Elle tend le bras et met sa paume de main en avant. Ce geste signifie que les morsures du souvenir sont encore pugnaces.

« La guerre a gâché ma vie ! »

Clément pressent la suite et dit au revoir. Il part retrouver son fils cadet à Joué-lès-Tours, dans une cité HLM.

Elle s'est assise sur le banc de bois des trois bouleaux. Regard prudent, mais le débit de mots toujours aussi assuré.

« Il ne faut pas en vouloir à ta maman, elle a tant souffert ! Je la revois comme si c'était hier, pâle, le teint très pur et aussi fragile qu'une biche qui ne mange pas à sa faim ! Ça jasait dans le bourg, certains l'ont couverte de paroles maudites. C'est monsieur le curé qui payait le train pour qu'elle puisse t'apercevoir à la messe du dimanche… »

Sa phrase demeure en suspens. Les yeux me brûlent.

« … Pendant que tu chantais ton Alléluia, le malheur passait à travers les vitraux. Un petit bout de femme en guenilles cachait son chagrin derrière son mouchoir, elle te regardait passer porter la croix sans avoir le droit de te faire un sourire.

— Tu te souviens vraiment d'elle ?

— Si je m'en souviens ? L'hiver, elle ne portait pas de manteau… Et toi, pauvre âme seule qui ne savait rien. »

Entendre l'impensable. Accepter l'invraisemblable. Simone persiste dans le sourire empathique. Personne ne m'avait raconté les supplices de ma mère avec tant de compassion.

J'entends la voix de Blanche. Puis les aboiements de Célestin. Simone lui a donné ce prénom parce que c'est celui de son père. Ce petit corniaud à poil rêche, je l'ai ramené d'une ferme de là-haut. Les autres filles de Sylvestre ont trouvé refuge chez le garde forestier de Tronçais. Ma voisine n'y est pas innocente.

« J'en aurai lavé, du linge sale, chez les paysans. J'ai balayé les écoles pendant vingt-deux ans et c'est là où je t'ai vu la première fois. T'étais un petit mignon bien maigrichon et si arrogant, il n'y avait jamais grand-chose dans ta gamelle posée sur le poêle à charbon de l'école. Dedans il n'y avait que du riz, riz au lait, riz aux lardons, ou omelette. Quelquefois je t'ai apporté un râble de lapin ou une cuisse de poulet. »

Du regret et de l'animosité mystérieuse se collent à mes joues rouges. Je ne lis pas le passé aussi clairement qu'elle.

« Alors les frites, c'était toi ?

— Tu mangeais froid... Ce n'est pas bon, de manger froid. »

Simone s'agite, frotte la toile cirée d'un reste de pâte à gâteau. S'échappe alors un petit rire narquois :

« Me croiras-tu, mon garçon, sauf le respect que je te dois, si je te disais que les mauvais esprits du village ont fait courir le bruit que ta pauvre maman couchait avec le curé ? Ils en ont fait courir bien d'autres à mon sujet. Les ploucs ont de ces idées, parfois !

— Maman a connu le malheur de m'avoir perdu. »

Elle opine de la tête. Son consentement est total. À mes questions dispersées sur l'exil, la mort, l'enfance, le culte de la popularité, le hasard ou les contresens, toujours une réponse identique de sa part :

« Écoute, mon garçon, sauf le respect que je te dois, je ne vois rien de grave en ce monde tant que l'on a un toit et quelque chose dans son assiette. »

Mes cils se mouillent quand elle m'appelle « mon garçon ». Je n'ai pas le mode d'emploi pour lui exprimer mes tendres pensées. Pour tenir la revanche de maman, je m'en remets aux consolations gourmandes de Simone : un dé de caramel suisse, un ballotin de chocolats belges, des berlingots... Le temps est à double détente. Vivre chez elle, dormir chez moi.

*

Les nuits fraîches annoncent le brame du cerf en forêt. Pas de dimanche sans poule au pot, de brioche aux pralines. Simone gave les deux chiens au blanc de poulet. L'affection qu'elle leur donne est aussi inépuisable que la bise cajoleuse de cette fin de saison. Nos promenades se rebiffent contre les rafales. Simone redouble d'ardeur, fend le souffle du vent comme un filament d'argent.

« Il faut que je marche, je souffre d'arthrose. Si tu avais dû tremper tes ergots dans l'eau glacée des lavoirs comme je l'ai fait… »

Elle a posé les pieds sur la plate-forme du four de la cuisinière.

« Vois-tu, cette cuisinière m'a réchauffé les mains et nourrie pendant un demi-siècle. Essaye donc de te faire cuire un œuf sur le radiateur ! »

Je rentre me coucher sans l'appréhension du retrait de l'été.

*

Le circuit de la route Jacques-Cœur passe par le presbytère. Un groupe de retraités en vadrouille entre au jardin. Je reste aphasique. Une femme apparemment pressée me demande les toilettes. Grande figure au nez cassé s'approche :

« Nous sommes très attachés à votre histoire. On s'est levés tôt pour venir vous voir. Et par chance, vous êtes là ! »

Agacée, Simone veille au grain.

« Les gens sont tout de même sans gêne. On n'est pas au pays de Bardot ! »

Nez cassé ne me lâche pas. Il doit me préférer au décorum.

« Nous venons de Saint-Léger-de-Fougeret, près de Château-Chinon. Château-Chinon, vous connaissez ? Le fief de François Mitterrand. Nous l'avons élu député. Une fois président, il n'y avait plus rien à attendre de lui ! Vous avez bien fait de vous poser là, c'est charmant. Belle revanche ! Un orphelin qui rachète la maison au pays de son enfance, c'est quand même pas commun. »

Ils prennent en photo le clocher, exigent que je tienne Simone par le bras, quémandent des bises, s'inquiètent de la fréquence de mes passages à la télé.

Je me sens redevable et maudit. Le cariste attend sa clientèle au volant de son bahut à touristes.

« Un palmier dans le Berry, c'est incroyable. Regarde, chéri, comme il a poussé haut ! J'en veux un pour être à l'abri de nos salauds de voisins. »

L'enthousiasme de Simone est maquillé. Personne n'aura le droit de s'introduire dans ma maison. L'interdiction est catégorique.

« Ils ne vont tout de même pas coucher là ? À un moment, j'ai pensé les jeter tous par-dessus le bord de l'étang ! »

Nez cassé exhibe fièrement les décorations accrochées à la boutonnière de son veston.

« N'abusons pas trop de votre bonté. Un autre château nous attend. Comment vous sentez-vous ? »

Las de ma gaieté fardée, je ne camoufle plus.

« À vrai dire, pas très bien. Au revoir messieurs-dames. »

Simone soupire de délivrance.

« C'est dur, d'être une vedette ! Dis, c'est loin, l'Argentine ? »

J'ai pris une minute pour lui répondre.

« Très loin… Au bout du monde ! Presque vingt heures d'avion.

— Tu me reviendras vite, je n'ai plus que toi.

— Tu t'occuperas bien des chiens ! »

À Buenos Aires, plus un oiseau ne vole au-dessus des toits meurtris par les balles. L'Alvear Palace a troqué son décor baroque au passé ténébreux pour la branchitude. Dans l'ascenseur, mon garde du corps crache des mots longtemps coutumiers : *hijo de puta, puta madre, cabron*. Marcher dans la ville sale, assourdissante, ne peut que me mener aux baraques à viande du Rio de La Plata. Aucune similitude à mes craintes ressenties autrefois, quand j'étais ici une idole riche, en exil, contrainte d'ignorer la servilité militaire et observant la conscience hiérarchique régner sur les trottoirs.

Le soir tombe. Place Mayo, le monument aux martyrs se colore d'un néon rose bonbon. On sent que la ville orgueilleuse peine à se relever de ses multiples faillites. Derrière l'avenue du Général-Paz, des enfants miséreux se contentent d'un ballon crevé pour jouer au foot sur l'étendue terreuse.

Marathon de la promotion. Deux longues journées médiatiques pour la sortie d'une compilation de mes chansons en espagnol. Ne devoir parler que de soi, ne pas s'essouffler devant le manque d'originalité des questions, s'adapter à l'inutilité. Se farcir un talk-show de grande audience. Toujours le même animateur depuis 1973, Paco Casal. Snob, follasse, dédaigneux, sournois derrière ses lunettes en strass. Je me souviens de nos joutes verbales sur son plateau à l'époque de la dictature. De mes exigences capricieuses, si naturelles.

Quatre bimbos m'accompagnent pour descendre l'escalier pailleté bleu indigo.

« Enfin vous revoilà. Vos succès appartiennent au passé, mais, soyez rassuré, les Argentins vous aimeront toujours. »

Le couturier japonais Kenzo a forcé sur la bouteille. Il vautre légèrement son corps amorphe contre le mien. Sur l'écran-témoin, mon apparence est glauque. Le vert acidulé de la banquette me donne un teint blême. Paco Casal rivalise de pénibilité. Les mots tombent, gratuits, sans liant, provocateurs.

« Donc, vous n'avez fondé aucune famille ! Et votre pays, quel désastre ! Paris a perdu de son chic, les rues sont livrées aux Arabes et aux nègres. La France, ce n'est plus rien aujourd'hui. »

Un silence stupéfie les invités.

« Alors on ne vous intéresse plus, pour que vous délaissiez votre public sud-américain ? »

Paco m'a dans sa ligne de mire. Je lui décollerais bien son dentier jauni, j'arme mon espagnol à l'accent parisien de réponses pimentées.

« Casal, je peux vous donner l'adresse d'un grand chirurgien brésilien pour refaire votre lifting. Vous aviez bien meilleure mine sous les dictatures successives que vous avez servies ! »

J'enchaîne pour ne pas lui laisser la main.

« Dites-moi, Casal, où avez-vous trouvé ce veston bleu pisseux et si mal coupé ? Je vous promets que si vous vous baladez de la sorte dans les rues de Paris, pas une seule personne ne risque de vous adresser la parole, fût-elle de couleur ! »

Paco grommelle, on lui éponge le front. Pendant la pub, il s'alarme dans l'oreillette.

« Mais qu'est-ce que c'est, ce type ? Que fait-il ici ? Pourquoi il ne joue pas le jeu ? »

Kenzo s'éveille, me complimente gratuitement. Une hôtesse au sourire mécanique prolonge les amabilités.

« La vie en Europe semble agréable. Mes grands-parents, d'origine allemande, me l'ont contée avec nostalgie. »

L'héritière d'une famille de nazis fouette les parois de mon crâne. Fin de la punition médiatique. Le générique défile en plein écran sur mon rictus triomphant. Paco Casal ne me salue pas.

Buenos Aires court à l'infini. Elle s'actionne sans boussole, n'a de regard sur quiconque. Une

Indienne longiforme cherche son chemin dans le quartier des affaires aux imposantes façades de marbre. L'empreinte péroniste subsiste. L'avenue Insurgentes a surhaussé ses buildings de plusieurs étages. Des immeubles géométriques et saturés d'enseignes publicitaires, à l'ombre d'un soleil intransigeant.

Dans la nuit, sur la scène de verre d'un vieux cabaret, une chanteuse star et chinoise interprète *Feeling*, la chanson porte malheur. Elle a des aigus affectueux et espiègles. Immobile, les mains plaquées aux hanches dans sa longue robe de satin noir, elle me fixe. Son écharpe de velours de soie rouge rase le sol. Elle est la réincarnation de Damia dépourvue de la fugacité des bravos.

À l'hôtel, vautré sur le canapé, mon attention se désintéresse d'un livre bourré de métaphores pompeuses. Je repense au thé de cinq heures dans le salon d'Eva lorsque Jorge Luis Borges, encadré de vieilles dames péronistes, se tenait devant moi. Je lisais à la demande de l'immense écrivain aveugle des vers de Jean de La Fontaine. Il avait le goût du bonheur.

Je n'ai pas touché à mes œufs brouillés au caviar, et m'endors sur un porno gratuit. Mes chiens me manquent.

« Allô Simone, comment va ? Je te rapporte un châle en laine crue ?

— Choisis-le bleu… tendre.

— Et les chiens ?

— Ils gambadent partout. Tu reviens quand ? »

J'ai la faiblesse de lui demander si elle m'aime un peu, si elle me tient rigueur de ne pas être entré chez elle plus tôt.

« Mes petits-enfants ne m'ont pas téléphoné pour Pâques. À part ça, Maurice ne revient toujours pas chercher son pain. »

Dès mon retour, je donnerai un banquet champêtre en son honneur. Solliciter aussi le village entier dans l'espoir d'un rapprochement.

La presse populaire commente ma passe d'armes avec Paco Casal. Une foule m'attend devant l'entrée de l'hôtel. Je sors de l'Alvear par une porte dérobée et m'engouffre dans la berline.

*

Transit à Dakar. Les lentes obligations administratives m'ont largement laissé le temps de dénicher un hamac tissé de feuilles de coco. Mon humeur est injuste à l'égard du personnel de la compagnie brésilienne. Faute de place en première, je m'apprête à voyager en classe économique. Puis Paris est à moi pour quelques minutes suprêmes à contempler la Seine illuminée avant un détour anonyme d'une semaine au Festival d'Avignon. Le mistral dévastateur, la foule rugissante et la violence au creux des entrailles d'Isabelle Huppert, sublime mère cruelle, ont entériné mes étourdissements.

Sur la collinette, la fin des moissons freine le bruit lancinant de la machine infernale. Le vin est à la cave, ma maison aérée et les chiens me lèchent assidûment le visage pour compenser mes longues absences. J'ai accroché des guirlandes de lampions entre les arbres.

« Il ne pleuvra pas. Les hommes auront terminé avant la nuit. »

Jeanne Buxières me renseigne sur l'avancée des préparatifs.

« Môssieur ne veut pas d'assiettes en carton, c'est bien ça ?

— Non ! Ni couverts ni gobelets en plastique, c'est pour les campeurs ! Je souhaite un grand décor organisé, des fleurs, des corbeilles de fruits disposées sur la grande table recouverte de draps de lin.

— Il faut convier l'aide courageuse de Berrichonnes. Mais ce ne sera pas gratuit, hein.

— L'essentiel est que tout soit prêt pour l'anniversaire de ton Pataud, chère Jeanne. Nous sommes nés le même jour avec seulement dix ans d'écart.

— Pourquoi fais-tu tout ça ? Tu es trop bon. »

Sous le regard étonné de sa belle-fille, Jeanne m'embrasse pour la première fois.

« Après, les choses devront rester comme elles sont. »

Le boucher Anatole aiguise ses lames. Les billes de bois crépitent sur un tas de braises. Des flammes jaillissent autour du mouton et du cochon de lait embrochés.

La voix de Nat King Cole épouse la plaine. J'attends les invités du pays, ceux que Simone surnomme « les mauvais drôles ». Célestin se replie sur mon lit, Sylvestre affiche crânement son pedigree. J'ai convié l'instituteur, mon notaire, les cousins et cousines des Buxières, les éleveurs de chèvres d'en haut et les voisins d'en bas. Personne n'a décliné. Chemisettes et robes d'été flottent dans la bise moirée. Les enfants sprintent dans l'agitation. Clément et fils hésitent entre le punch antillais et la sangria. Et Antoinette Flore n'en démord pas :

« Y a pu rin à la télé ! »

Gustave a relevé poliment sa casquette.

« Y a pas assez plu ! Le rendement des moissons sera maigre cette année. »

On s'entasse sur la terrasse. La moitié des convives m'est inconnue. Maurice s'est retranché chez lui. André Bézu débarque en taxi, l'œil vert profond et le visage sanguin. Il plonge sa main dans un carton de bouteilles de sancerre apporté par mes amis vignerons.

J'ai placé la doyenne au bout de la longue table fleurie. Simone préside, coquette, à l'aise et conquise.

« Ce sont mes vieux draps de lin sur les tables en guise de nappe. Ils étaient dans le trousseau de mon premier mariage. »

Je m'agrippe à sa main glacée. Son sourire convaincu se superpose au mien.

« Il aura fallu que tu reviennes dans ce trou perdu pour que je boive du vrai champagne. »

Deux jeunes fans homosexuels ont franchi la porte blanche. Ils hésitent à faire demi-tour. Je leur prie de gagner la fête.

La découpe du méchoui d'Anatole tient du cérémonial. Les servantes se démènent en cuisine. Pataud a la main alerte pour déboucher les bouteilles. Je trottine d'un coin à l'autre, Sylvestre marche dans mes pas. Près du tas de braises, le vieux patriarche me félicite. J'ai embrassé son fils.

« Bon anniversaire, bon anniversaire, alors ! »

La lune diffuse une lumière vive sur la maison. Elle fait pâlir la lueur des flambeaux dispersés. Trois poubelles débordent de cadavres de bouteilles. Bézu ingurgite le vin restant et monte sur la table. De sa voix de ténor, il entonne *La*

Fille du Bédouin, donne envie aux plus réfractaires de faire la queue leu leu et la danse des canards. On lui réclame un concert. Il rétorque :

« J'annule Bercy ! »

La nuit se rafraîchit à coups de conversations à voix basse, de rots, de viande saoule et de fillettes endormies sur les genoux. Mes cinquante-cinq ans déferlent de gratitude envers Simone. Le parfum Dior a moins de succès que la petite bouteille en forme de coquillage.

*

Dès les premiers jours de l'équinoxe automnale, je m'encapuchonne tel un diacre. Odeur de pommes acides dans l'air. Au ciel, les oies sauvages alignées en V migrent vers l'Afrique. Je commence à marcher plus lentement, Sylvestre n'est pas d'accord. En période de chasse, il réclame de l'émulation. Je ravive les flammes de bois vert et m'engage dans la lecture du Nouveau Testament. En moi, la certitude de l'irrévocable. Deux de mes amis ont accosté les nuages. Georges et Jo, foudroyés à deux mois d'intervalle. L'amour à mort. Salaud de sida. Je ne me suis pas rendu à leurs funérailles, la faucheuse fracasse mes cordes vocales. Crever à trente ans comme gazé par un féroce insecticide. Sale époque. Jo, le teint plâtreux et la mâchoire asséchée, renversé par la drague. Georges, les jambes chancelantes et harassé de fatigue. Je me dis que je n'ai pas pris assez de temps pour observer leurs joues creuses.

Je me dis aussi qu'il n'est pas si loin, ce jour de la Saint-Martin où sur le sentier menant à la source des grives les deux essoufflés se foutaient ouvertement de moi. On a ri si fort, le soleil aguicheur était notre allié. Leur soutien moqueur m'a donné l'élan de construire ma maison. Serais-je aussi damné par le virus ? Je ne suis pas pressé de me faire dépister. Le chagrin de Simone et de mes chiens orphelins m'est inacceptable. En cas de réponse positive, un ultime désir : un pêcheur napolitain en partance pour Capri se chargerait de disperser mes cendres en baie de Naples.

Je n'oublie pas de vivre. La neige est si abondante sur le bourg que les branches craquent sous le poids des flocons. Blanc paradis. Un couple d'admirateurs brésiliens, de passage, s'assure de ma résistance à la rudesse des hivers berrichons. Les autoritaires flambées dans la cheminée fascinent mes hôtes en bermuda. Pendant quatre jours, ils n'ont pas quitté leur tenue estivale. Cruz et Joa partent naviguer sur la Loire, faire un crochet par le château de Chambord. Ils promettent de rapporter à Brasilia ma recette du bœuf-carottes.

L'hiver est long, silencieux, élégiaque. La glace sur l'étang ressemble à une œuvre d'art expulsée de terre. Je dîne tôt, emmitouflé dans mon édredon, remonte les couvertures jusqu'au cou. Le courrier volumineux de mes admirateurs sur mon bureau atteste de mes rares apparitions en public. Je m'efforce de dédicacer individuellement mes vœux pour la nouvelle année.

« Souffrir est une faiblesse lorsqu'on peut s'en empêcher. »

Paroles de sagesse de Simone, grippée. Mes chiens se roulent dans la neige, pas de mélancolie chez eux. L'autre nouvelle surgit de la pénombre : Paulin s'est pendu dans sa cellule. Je vide entièrement le pot de confiture à la mirabelle. Truand, filou, malin, peut-être. Mais aussi personnage anticonformiste et à la discussion délicieuse. Rarement ai-je croisé quelqu'un faisant preuve d'une telle objectivité infaillible vis-à-vis de lui-même. Simone m'apporte encore son indéfectible soutien.

Daniel Cordier m'a prévenu que je finirai seul. Je ne l'ai revu que rarement depuis mon retour d'Amérique latine. Plus il m'ignore, plus il me manque. Il ne sait rien de mon parcours, se détache de moi. Pourquoi mes sanglots lors de ma dernière visite au cap d'Antibes ? J'ai cette frustration de ne pas pouvoir lui raconter la façon dont j'ai pillé le monde et fait de ma maison un joyau. Lui crier à haute voix que j'ai trouvé une autre mère à choyer en la personne de Simone Planteligne. Lui dire qu'il n'est pas solitaire d'apprivoiser une vieille dame attachante et de s'occuper de deux chiens. Il est probable que Daniel ne revienne pas sur cette terre foulée autrefois avec ses anciens camarades maquisards. Une terre où ils ont été traqués comme des renards par les hommes de Vichy. Au marché couvert de Saint-Amand, un vieux gaillard me rappelle ses larmes de sang lorsque l'ennemi a fusillé les gosses dans la vallée de l'Aumance. Dans les villages autour de la forêt de Tronçais, on n'oublie pas l'abnégation d'un réseau de très jeunes résistants à ces « crameurs » de nazis. Tous morts torturés. Les monuments portent des noms qui me sont familiers : Martin, Leroux, Duval, Accolas, Auxiette…

Pigalle, blafard. Besoin de replonger dans les rues de mes jeunes années de cavale. Respirer à nouveau le parfum de mes crimes. Frissons dans la nuque. Je redeviens délinquant, ressens les marques hâtives qu'on déposait sur mon corps secoué. Rendez-vous sur la scène du Théâtre de Dix Heures durant deux mois. Je m'étais pourtant promis de ne plus chanter à la suite de la disparition de mes amis. Au risque de dérouter les fans, j'ai convoqué les mots d'Aragon, Duras, Ionesco, Genet, Dimey, Leprest… La salle est pleine. Un journal titre « Vilard en vers ». Ouf ! À la sortie du théâtre, quelqu'un m'approche comme un micheton pour tenter de m'électriser sous le porche à néon d'un sex-shop. Je n'ai pas fouillé longtemps dans ma mémoire pour deviner l'identité de la fausse blonde de la rue des Martyrs. Celle qui ondule sur le trottoir, c'est Martine. Martine, c'est Roger. Perché(e) sur des talons aiguilles, minijupe ras les fesses proéminentes. Sous le fard, Martine a une apparence de vieille dame. Roger a beaucoup vécu. Quarante ans que ses mollets galbés balayent le même périmètre. Section des poulbots à Saint-Vincent-de-Paul, les inflexions sardoniques de sa grosse voix nous enseignaient les bases du twist et un hula hoop endiablé. L'oiseau de nuit redresse ses lunettes sur son nez raboté, me décortique des pieds à la tête, accueille mon salut quotidien et savoure mon refus de grandir. Sur ses lèvres vermillon défile avec admiration ma vie de chanteur international.

Ce spectacle m'emballe. Mes chansons poétiques favorisent mes stimulations sensorielles. Comme des bouquets d'humanité. Danielle Darrieux est descendue dans ma loge nichée au sous-sol. J'ai baisé sa main. Accomplissement d'un rêve de jeunesse. Je n'ai plus à déambuler longtemps dans le quartier. Au zinc de la place des Abbesses, Martine prend deux doigts de porto blanc avant de passer aux affaires. Roger confesse que le crédit de son appartement cannois sera réglé au moment de sa retraite prématurée. La bouche presque fermée, il m'avoue avoir remonté cent fois ma mère Blanche gisante jusqu'au 17 de la rue Constance. Pas de Martine ni de Roger au cocktail à l'issue de ma dernière représentation. Je ne me suis pas attardé devant les flagorneurs buvant sans soif.

*

« Allô Simone. J'arriverai dimanche par le train du soir. Comment va Célestin ? Si tu voyais les toits de Paris sous la neige. C'est blanc, c'est bleu, c'est beau ! J'ai arrêté de fumer.

— Mais qui cherches-tu, à t'en aller courir en ces temps retors ? Tes chiens ne sont pas maigres. J'ai aéré ta maison tous les jours ! Manges-tu bien, au moins ? Alors je te ferai une tarte aux pommes pour dimanche. »

Passage express au village. De l'amertume à foison chez les Buxières. Les vieux sont affaiblis, las de leurs remarques lapidaires à l'égard du voisinage. Les petits-enfants sont désormais majeurs et d'acerbes lepénistes. Ils se plaisent inlassablement à penser que leur existence de paysans ne m'intéresse pas. Aucune invitation des Celettois en retour de mes fêtes. Rien de grave. Cela me rend plus productif et batailleur. Aux Chaudillons, la cour s'encrasse. La ferme est toujours en vente.

*

Capri me vampirise encore. Le passage au nouveau siècle m'offre le plus gros cachet de ma carrière. Assunta, l'épicière et brocanteuse, remonte Via Madre Serafina en cognant sur une casserole de cuivre. Un rite.

« Il Francese è qui. » (« Le Français est là. »)

Je suis suspendu dans le vide par un câble d'acier. L'hélicoptère me dépose sur l'immensité de la terrasse d'un yacht. Une cinquantaine de garçons en frac s'emploient à la fête tibérienne. L'orchestre de Lucio Dalla attaque mon hymne. L'écran géant gonfle ma présence. Je chante dans un murmure respectueux. Première nuit du millénaire vertigineuse, grandiose, gargantuesque. Je me réveille dans des senteurs de liqueur d'amande et d'iode, puis redescends au port par le funiculaire.

Le Jour de l'an, on y fête le laurier. Toute l'île élève en procession son ancestrale communauté et décoche ses litanies vers la mer.

*

Imparable défilé du temps.

Travailler, voyager. Chanter, lire, jouir. La pointe des cyprès perce l'étang. Un orvet mauve s'échappe de la branche d'un noisetier. Près de la fontaine, je tends le hamac pour m'étendre. Une pie jacasse. Je frotte mes mains sur mon jean terreux. Les Mirage de la patrouille menacent de briser les tuiles sur le toit. Sylvestre est mort d'une crise de foie. Je me prépare aux journées détestables, larvées de questionnements obsédants. Celles d'un convalescent désorienté.

J'ai fermé portes et volets avant de l'enrober dans un drap blanc. J'ai aussi déposé sur son ventre froid des reliques et chaînes en or offertes par mes fans. Il tombe du ciel des nappes de brouillard.

Jeanne et le patriarche ont enfin franchi la porte du jardin, mais refusent d'entrer dans la maison. J'arrête de m'interroger sur le pourquoi. Superstition ? Pataud enterre Sylvestre derrière la sacristie, sans mot dire. Simone est stoïque. Blessée, invincible.

L'absence d'un être cher est un échec. Trop de coups de poignard successifs. Le sourire franc de Lalla, les yeux gris délavé de maman. Dalida, rieuse. Nino, oisif. L'abbé, Georges, Jo, Ludmila, Maria Félix, Paulin. Pacadis, priant son bel amant de l'étrangler pour supprimer sa laideur. Tous en fuite. Champagne, mon voisin, emporté subitement dans son lit. Une multitude de forces convergentes et vives me submerge. Mes chers disparus, mon amour pour vous, c'est ma perfection. Plus présent est le souvenir des morts, plus palpitantes sont les étoiles, plus éclatants sont mes triomphes.

François Mitterrand s'échappe. La France des travailleurs de fond écope du chômage. Au théâtre d'Anzin, leur jeunesse enfouie ordonne mes anciennes chansons. Je ne me lasse pas de cette région. Dans le bassin minier, les étendues de paysages désolés somnolent ou sont à l'abandon. Les anciens hauts-fourneaux laissent progressivement s'effriter l'imposante cheminée de briques rouges. Les vieilles gueules noires admirent les petits-enfants skier sur le terril recouvert d'un manteau immaculé synthétique.

Internet bouscule le monde, les nouveaux médias hexagonaux commandent l'élitisme. Ringards et has been sont les termes employés pour qualifier les princes de la chanson populaire. Le goût salé de la nostalgie s'éteint pour mieux renaître.

Je suis un provincial qui retourne chanter dans sa vie natale.

Le chauffeur de taxi de la gare d'Austerlitz me fait l'inventaire de mes anciennes chansons. Les plus récentes lui sont totalement méconnues. Il vilipende la hausse du prix de l'essence, érige la lecture en perte de temps. Je monte prendre un verre au premier étage du Café de Flore, là où j'ai autrefois observé Jean-Paul Sartre roupiller sur la banquette de moleskine. Personne en vue. Je me heurte à des fantômes.

Mon échappée belle est salutaire. Je maintiens que la campagne m'aura préservé de la tentation de renifler la cocaïne. Mon cœur rêvasse dans un bain brûlant. Retrouver l'Olympia. Bien sûr, je me convaincs d'être formidable, de bomber ma confiance en moi. La longue mèche de mes cheveux grisonne et couvre mon visage d'insolence. Je joue sans vertige dans un abîme de désillusion, d'humiliation et d'amertume. Dans la salle se dresse une armée de téléphones. Certains consomment du spectacle à travers un petit écran. L'affolement d'emmagasiner du souvenir au détriment de l'émotion brute des yeux. À la sortie, ils vérifient que l'appareil a tout enregistré. Mon portable sonne. Simone, au bout du fil.

« T'en as de la chance, mon garçon. Rapporte-moi une petite tour Eiffel dans sa boule en verre avec de la neige. Je me fais du souci ! As-tu mangé ? As-tu bien chanté, au moins ? »

Au refus d'un dernier autographe, je risque le déclin. Dans une même journée, les apparences peuvent se brouiller. L'estime de moi-même s'efface pour me confier à la première personne rencontrée. J'ai une admiration pour l'œuvre de Kandinsky, Céline, Fernand Léger et Johnny Hallyday.

Au salon du George-V, ma prestation en faveur des sinistrés d'Arménie s'est achevée fébrilement. Sur l'avenue, une Rolls Royce me suit. Je ne supporte pas qu'on me fasse signe de l'index. Je détourne le regard en direction des terrasses qui dominent le toit du palace. Le trottoir descend en pente douce. L'homme ténébreux à la calvitie avancée baisse la vitre. Il insiste lourdement pour que je lui dédicace la couverture du programme de la soirée de gala. J'ai gribouillé mon nom, puis accéléré le pas. La voiture stoppe à l'angle de l'avenue. Tout est possible à cette heure avancée de la nuit. Sur la banquette arrière, une jeune femme asiatique au rouge à lèvres nacré vérifie la pâleur de son teint dans le reflet de son miroir de poche.

« Vous êtes très joli garçon.

— Je ne suis pas un garçon pour une partie d'échangisme.

— Ne vous méprenez pas, monsieur. Ma femme est japonaise et est de vos plus ferventes admiratrices. Elle est également très attachée au pays de George Sand. Hinata et moi désirons prendre rendez-vous et visiter votre presbytère. »

Je le congédie.

« Cassez-vous !

— Aimez-vous l'argent ? Je pourrais vous en offrir beaucoup. Je suis capable d'aller jusqu'à un million de dollars pour que ma belle Hinata soit la joyeuse propriétaire d'une maison dans le Berry. Montez, ne vous faites pas prier. Tenez, voici ma carte ! »

La surenchère de sa grossièreté aggrave son cas.

« Monsieur, jamais, je dis bien jamais, je ne vendrai ma maison. Partez ! »

*

Je suis de retour. Célestin, à mes pieds, s'avale une tranche de rosbeef. Les yeux de Simone prennent un éclat rêveur.

« Je ne reverrai peut-être pas la tour Eiffel, mais j'aimerais te voir chanter une fois, mon garçon ! Oui, tu es mon garçon maintenant. Je te l'ai dit cent fois de ne pas boire ton café debout ! Tu vas réveiller les morts !

— Mais, Mône, il ne devrait plus rester grand monde au cimetière alors.

— Pourquoi m'appelles-tu Mône ?

— C'est ainsi que je nommais gentiment ma première nourrice lorsqu'elle me permettait de plonger un doigt dans le pot de crème fraîche.

— Laisse donc ton passé où il est ! »

Les années fondent comme neige. Le temps est assassin. Simone a le pas moins alerte, s'excuse de son flot de paroles et ses fatigues s'écoulent vers l'horizon. Je ne me lasse pas de sa malice pour m'amadouer et de ses ficelles pour être faussement méchante. Elle mange par complaisance, en attente de me réprimander si je n'ai pas terminé mon assiette. Ma vieille complice me gendarme, plisse son front à ma moindre fièvre. Lui rendre la vie agréable m'habite. Ce n'est plus difficile, pour elle, de m'asséner quelques vérités. Franche, tendrement directe. Réaliste lorsque j'aborde l'abandon de ma sexualité.

« Tu es trop pointilleux pour vivre avec une femme. Même un homme ne te supporterait pas ! »

C'est le rôle d'une mère, d'agir de la sorte. La sentence de la sagesse, puis une caresse. En retour, je n'ai qu'à lui ouvrir mon cœur.

« Ne faudrait-il pas rempailler les chaises dans l'église abandonnée ? Je devrais lâcher le métier avant qu'il ne me lâche.

— Que pourrais-tu faire d'autre tout seul, ici, quand je serai morte ? Finis donc ton verre de vin, c'est du bon ! »

Ma mémoire convoque mes jeux d'enfant sournois en les comptant sur mes dix doigts. Quel genre d'homme exploite désormais cette terre grasse ? Le dur labeur des derniers fermiers finira broyé, entre le soleil et la lune, dans l'engrenage des grands propriétaires terriens. Le lierre monte toujours à la cime des arbres. Satan, en personne. Le déterminisme économique sert de rempart à la honte. Il suffit d'observer le bétail transi pataugeant dans la boue un hiver complet. L'inconscience des nouveaux paysans sans loi empoisonne la nature. Ils se méprennent, elle a de la ressource, elle aura le dernier mot.

J'écrirai mon histoire sous l'influence d'un écrivain. J'écrirai la promesse d'un rêve, mes créations, mes partages, mes peurs, mes emballements. Mon acuité aussi, ces petits bruits qui insistent délicatement à mon oreille pour que les mots rebondissent avec un accent provincial. J'écrirai comme phrase d'attaque : *Le soleil se lève aussi*. Ah ! merde ! Déjà pris par monsieur Hemingway. J'écrirai un roman révolutionnaire d'une plume conquérante. Assembler et faire jongler des mots avec ma vérité subjective. Relater ma belle histoire d'orphelin ou l'époque bénie d'un pays chantant affectueusement et à l'unisson mes chansons.

Les cris répétés de la chouette quadrillent la nuit. La mort tisse sa toile. Pas triste, l'enterrement d'André Bézu. Les obsèques de Simone Planteligne ont suivi le lendemain. Les cloches de La Celette ont sonné le glas au milieu d'un ciel insupportablement bleu. La terre refuse de boire. Mon âme transpercée de chimères s'est alourdie. La mort, ce n'est rien. Les petits nuages défilent à vitesse régulière. On me fait savoir que l'installation des éoliennes sur la colline est imminente. Je cherche à me rappeler le mur dans lequel Bertrand aurait introduit le pavé de granit de la cathédrale du Puy-en-Velay. Qu'ai-je fait pour mériter l'époustouflante beauté de ce lieu verdoyant ?

J'ai déposé Célestin en terre à côté de son père Sylvestre. La mort m'agrippe par les cheveux. Mes chagrins, mes deuils, mes blessures me traquent. La disparition des êtres aimés forge mon existence de célibataire endurci. Je ne serai pas le gardien des âmes disparues dans la plaine. Mon canapé rouge a trop délaissé les causeries. Pourquoi rester ? Pour qui, surtout ?

Au bourg, un vagabond s'est endormi sur le parvis du monument aux morts. Madame Flore lève expéditivement la main pour me saluer au loin. « Pauvre âme seule », doit-elle se dire. Tout se disperse, se dilue et me renvoie la pénibilité d'être né sans patrie. Il fait froid dans ma chambre. Mes souvenirs à l'extérieur et ceux dans ma maison s'entrechoquent. Ils n'ont pas la même couleur. Aveuglante lumière sur les blés des champs verts. Mes racines sont restées à distance au pays des sorciers. J'obéis aux circonstances. Un concert de voix champêtres me conduit à précipiter ma décision. La lune luit au fond du puits. Avant de rouvrir mes panières d'osier et de quitter la vallée du Grand Meaulnes, je battrai le rappel de mes morts. Une sonate de Bach, fenêtres toutes grandes ouvertes. Je ne coucherai pas ma résilience sur mon testament. Bowie, maintenant. Et je danse dans un ballet d'ombres, songeant aux centaines de musiciens qui m'ont accompagné. Ma mémoire peine à se souvenir.

J'ai relancé une dernière fois le ballon aux écoliers en récréation par-delà le mur. La maison encerclée par l'absence prononce sa sentence. Le notaire Pinel et les nouveaux propriétaires Maupoix, fervents catholiques pratiquants, se sont courtoisement félicités lors de la signature de vente de mon presbytère. Ma conscience ne cherche pas à s'alimenter d'une culpabilité envahissante. C'est à prendre ou à laisser.

Ma carrière s'accroche à moi. Peur de l'oubli ou jouir à l'idée de l'être, je n'ai pas choisi. Chanter pour la postérité n'est pas dans mon cahier des charges. Deux contrats restent à honorer avec un manager insensible à mes chansons. Mon obsession du bonheur évince mon éternelle crainte de me regarder le nombril. Le dimanche, je me hais. Personne à aimer. Où aller ? Bornéo ? Buenos Aires ? La tentation peut-être de l'abbaye de Landévennec comme refuge provisoire. À défaut de croire en Dieu, je crois en moi. Même finalité. Dieu ne s'intéresse qu'aux vivants. Il n'aurait pas d'autre raison d'exister.

Remerciements

Mon ami Patrice Demailly m'a aidé dans la rédaction de ce livre. Merci à lui.

Cet ouvrage a été imprimé en France par
CPI Firmin-Didot
16 rue Firmin Didot
27650 Mesnil-sur-l'Estrée (France)

pour le compte des Éditions Fayard
en octobre 2020

Composition réalisée par Belle Page

N° d'édition : 35.4123.2/02 - N° d'impression : 161048